MISSING ANIMALS

이미 멸종했거나 멸종 위기에 놓인 동물들이 다시 자유롭게 뛰노는 모습을 볼 수 있었으면 좋겠습니다. 사라지는 동물에 대한 사랑과 반성의 의미를 담아 360VR 영상*을 제작했습니다. QR 코드를 통해 확인해 주세요.

*360VR 영상이란? 사용자에게 뛰어난 몰입감을 선사하는 차세대 미디어 콘텐츠다. 사용하는 장소에 국한되지 않고 가상의 공간을 통해 현장감을 느낄 수 있으며 사용자의 시점에서 360도 전방을 감상할 수 있다.

MISSING
ANIMALS

세계 초고층 빌딩과 사라지는 동물들

글/그림	장노아
초판 1쇄 인쇄	2016년 1월 22일
초판 1쇄 발행	2016년 1월 29일
발행처	이야기나무
발행인/편집인	김상아
아트 디렉터	박기영
기획편집	김정예, 박선정
홍보/마케팅	한소라, 김영란
디자인	design Vita 김지선, 이차희
인쇄	스크린그래픽
등록번호	제25100-2011-304호
등록일자	2011년 10월 20일
주소	서울시 마포구 양화로 10길 50 마이빌딩 5층
전화	02-3142-0588
팩스	02-334-1588
이메일	book@bombaram.net
홈페이지	www.yiyaginamu.net
페이스북	www.facebook.com/yiyaginamu
블로그	blog.naver.com/yiyaginamu
ISBN	979-11-85860-12-1
값	33,000원

 이 책은 2015년, 카카오 브런치북 프로젝트에서 대상으로 선정되었습니다.
by kakao 　장노아 작가의 브런치: https://brunch.co.kr/@jangnoah

MISSING ANIMALS

세계 초고층 빌딩과 사라지는 동물들

글·그림 **장노아**

이야기나무

지켜 주지 못해 미안해
세계 초고층 빌딩과 사라지는 동물들을 그리기까지

2012년, 강원도 원주에 있는 토지문화관 예술인 창작실에 3개월간 입주한 적이 있었다. 실제로 뵌 적은 없지만 내가 가장 존경하는 분인 박경리 선생님이 후배 작가를 위해 마련한 공간이라 꼭 가 보고 싶었는데 감사하게도 기회가 찾아왔다. 생전에 박경리 선생님은 작가들에게 이곳에서 구상만 하거나 휴식만 취해도 좋다고 하시며 그 모든 것이 창작의 일부이니 마음 쓰지 말라는 말도 남기셨다고 한다. 나는 이곳에서 아름다운 자연에 둘러싸여 평온하고 행복한 시간을 보냈다. 그때 나는 미술계에서 활동하며 바쁘게 살던 삶에 회의를 느끼던 시기였다. 그림 도구를 바리바리 싸서 가긴 했지만 3개월 동안 하나도 그리지 못했다. 대신 그곳에서 내 마음 깊은 곳의 목소리가 무엇을 말하고 있는지 그리고 내가 정말 하고 싶은 이야기가 무엇인지 차분히 생각할 수 있었다.

내가 머물렀던 창작실은 창문을 열면 바로 앞에 숲이 있었다. 바람이 불면 나무들이 몸을 흔들며 신비로운 소리를 냈다. 바람의 세기에 따라 날씨에 따라 잎이 무성한 정도에 따라 소리가 달라졌다. 가을에서 겨울로 넘어가는 시기여서 낙엽이 쌓였다가 나중에는 눈이 쌓였다. 정말 아름다웠다. 항상 생명과 생태의 소중함을 강조하셨던 박경리 선생님의 말씀과 자연을 찬미했던 헨리 데이빗 소로우의 글, 그리고 자연에서 신나게 뛰놀던 어린 시절이 떠올랐다. 나는 발코니에 의자를 가져다 놓고 앉아서 숲과 하늘을 바라보았고 종일 빈둥거리고 어슬렁대며 시간을 보냈다. 어린 시절을 제외하면 자연과 더불어 그렇게 한가로운 시간을 보낸 적이 없었다. 나는 숲으로 요양을 떠난 환자처럼 마음이 회복되고 치유되어 돌아왔다. 그 후로 자연과 유리된 인간의 삶에 대해 더욱 진지하게 고민하게 되었다. 토지문화관에서 보낸 시간이 없었다면 멸종동물을 기록하고 그리는 일도 시작되지 않았을 것이다. 이 작품을 시작할 수 있도록 도와주신 강원도, 원주시와 토지문화관에 감사드린다.

이전에는 나의 예술적인 성취만을 위해 작업하고 전시했다. 주관적이고 자유로운 개인 작업도 즐거웠지만 사회에 유익이 되고 많은 사람과 공유할 수 있는 그림을 그리고 싶다는 생각을 항상 해 오다 2014년부터 멸종동물들을 위한 그림을 그리기 시작했다. 동물을 무척이나 좋아하는 데다 평소 환경 문제에 관심이 많았기 때문이다. 예전에 읽은 제인 구달의 저서 『인간의 그늘에서』와 고릴라 연구와 보호에 헌신하다 밀렵꾼들에게 암살당한 다이앤 포시의 저서 『안개 속의 고릴라』는 특히나 마음 깊이 간직하고 있다. 제인 구달은 자신의 그림자가 작은 침팬지 위로 드리워지는 것을 보면서 인간의 그늘 아래서 생존해야 하는 동물들의 운명을 생각했다. 다이앤 포시는 이름을 붙여주고 친밀하게 우정을 나누었던 고릴라들이 머리와 손발이 잘린 채 죽어 있는 모습을 수없이 보아야 했다.

인류의 등장과 번영이 시작된 후부터 그전보다 1,000배 빠른 속도로 다양한 생물 종이 멸종되고 있으며 이러한 상황을 여섯 번째 대멸종이라 부르고 있다. 인류는 다른 생물 종의 터전을 빼앗고 파괴하고, 생물권을 이리저리 재배치하며 기후변화를 일으킨다. 우리의 거대한 도시와 초고층 빌딩은 끝없이 확장되고 높아지며 곳곳에 들어서고 있다. 특히 도시의 발달과 풍요를 상징하는 초고층 빌딩은 첨단기술로 지어진 경이롭고 아름다운 건축물이다. 인류가 이루어 낸 발전과 번영은 분명 놀랍고 가치 있다. 그러나 우리의 도시들이 초고속으로 팽창하는 동안 숲을 빼앗긴 동물은 이 세상에서 하나둘 사라져 가고 있다. 우리는 그들을 다시는 볼 수도 만질 수도 느낄 수도 없다. 바벨탑처럼 치솟는 우리의 도시들이 멸종되는 동물들보다 소중할까? 아픔 없이 공존할 수 있는 방법은 없는 걸까?

2015년 현재 세계에서 가장 높은 빌딩은 두바이의 부르즈 할리파이며 높이는 828미터다. 두 번째는 상하이 타워로 632미터, 그 뒤를 잇는 빌딩은 사우디아라비아의 메카에 자리한 아브라즈 알 바이트601미터, 뉴욕의 제1세계무역센터541.3미터 등이다. 대한민국에서 완공된 건물 중 가장 높은 빌딩인 인천의 동북아트레이드타워는 313미터로 세계에서 예순네 번째로 높은 초고층 빌딩이다. 이 빌딩들은 마치 거대한 석상처럼 우뚝 솟아 지상에 긴 그림자를 드리우고 있다. 초고층 빌딩의 순위와 목록은 몇 년마다 새롭게 갱신되고 멸종동물과 멸종위기동물의 목록도 빠른 속도로 추가되고 있다. 날지 못하는 새인 도도는 1682년경에 인간의 남획으로 멸종되었으며, 인간이 손으로 잡으려 해도 가만히 있을 정도로 순했던 오가사와라흑비둘기도 1889년에 지구에서 사라졌다. 신비로운 빛깔의 파란영양은 1800년경 목격된 것이 마지막이었고, 한때 새 중에서 가장 많은 수를 자랑하며 하늘을 날던 여행비둘기는 1914년, 동물원에 있던 마지막 한 마리가 죽으면서 완전히 멸종되었다. 가축을 해치는 유해 동물로 여겨져 대량 학살당했던 태즈메이니아주머니늑대는 1936년에 절멸했다. 서부검은코뿔소는 밀렵꾼들에 의해 뿔이 잘린 채 쓰러져 죽어가다 2006년 야생에서의 멸종이 공식 선언되었다. 풍성하고 짙은 갈기가 배까지 이어진 아름다운 바바리사자는 현재 야생절멸 상태로 자연 생태계에서는 더 이상 존재하지 않는다. 지금 이 순간에도 크고 작은 동물이 지구에서 영원히 사라지고 있다.

우리가 어렸을 때는 세상과 사물을 순수하게 바라보았고 자연스러운 욕구대로 살았으며 많은 것이 필요하지 않았다. 작은 것에도 감동하고 즐거워하며 모순투성이인 어른들의 모습에 고개를 갸웃거리곤 했다. 그러나 우리도 어느새 불필요한 온갖 것들을 끝없이 갈망하고 소유하면서도 결코 만족할 줄 모르는 이상한 어른이 되어버렸다. 지구 생태계를 위협하는 인간이라는 종의 한 구성원으로서 항상 미안함과 슬픔과 책임감을 느낀다. 생태사회주의적 입장에서 세계의 대도시를 배경으로 멸종동물과 멸종위기동물을 그렸다. 소녀와 동물들의 모습을 통해 잠시나마 우리 안에 있는 순수를 일깨울 수 있길 바란다. ❦

목차

마지막 여행비둘기의 죽음
두바이, 부르즈 할리파, 828미터

땅에 떨어진 새들을 먹어치우려고 둥지로 달려드는 돼지들이
서로 밟거나 부딪치며 내는 꽥꽥거리는 소리와 공포에 질린 비둘기들의 자지러지는 비명 소리가 합쳐져
누구도 들어본 적이 없는 기괴한 합성을 만들어냈는데, 그 소리는 최소한 1마일 밖에까지 들렸다.*

여행비둘기는 아메리카 대륙과 유럽 대륙을 왕복하는 철새로 나그네비둘기라 불리기도 한다. 이들은
지구 상에서 가장 많았던 새로 삼 일 밤낮 하늘을 새까맣게 뒤덮으며 이동했다는 기록이 있을 정도였다.
어떤 목격자는 그것을 비둘기 구름이라고 표현했다. 고기가 맛있고 깃털도 쓸모가 많아 식용과 상업적
목적으로 대규모 포획이 이어졌다. 부유한 사람들은 여행비둘기 사냥을 즐거운 스포츠로 여겼다. 1명의
사냥꾼에 의해 3만 마리가 학살된 기록도 전해진다. 현지 인디언들은 무자비한 학살을 멈추지 않으면
얼마 후에는 여행비둘기가 한 마리도 남지 않을 것이라 경고했지만 막대한 개체 수 때문에 멸종에 대한
우려는 아무도 하지 않았다.

마지막 여행비둘기 마사

1890년대 중반부터 보호법이 제정되었지만 여행비둘기는 이미 거의 사라진 상태였다. 1880년대 초에 수천만 마리가 한 무리를 이루던 여행비둘기는 1888년에는 겨우 175마리의 무리가 목격되었다. 개체 수가 급격히 줄면서 엄청난 규모로 떼 지어 살던 생존 리듬이 깨졌고 사망률이 번식률을 앞지르면서 종 전체가 붕괴되었다. 한때 50억 마리까지 추산되었던 여행비둘기는 인간의 남획으로 순식간에 멸종했다.

야생에서 발견된 마지막 여행비둘기는 1900년 3월 24일, 오하이오 주에서 총에 맞아 죽었고 1914년 9월 1일, 신시내티 동물원에 있던 마지막 암컷 한 마리가 죽으면서 완전히 멸종했다. 이 여행비둘기의 이름은 조지 워싱턴 대통령의 부인 이름을 딴 마사였고 나이는 29살이었다. 여행비둘기를 연구대상으로 여기지 않았던 학자들은 마사가 죽고 나서야 중요성을 인식하게 되었다. 마사의 사체는 냉동되어 스미스소니언 국립자연사박물관으로 보내졌다. 마지막 여행비둘기 마사는 그렇게 돌아올 수 없는 여행을 떠났고 이제는 박물관의 표본과 동물원의 기념 동상으로만 존재한다.

야생 상태의 여행비둘기 사진은 없지만 동물원에 있던 마사의 사진과 그림을 여러 장 찾을 수 있었다. 여행비둘기는 검은 반점이 있는 회색 날개를 가졌고 머리는 청회색, 목 부위는 다양한 색채를 띠었으며 부리는 작고 가늘며 발은 붉은색이었다. 수컷의 몸길이는 39~41센티미터, 무게는 260~340그램 정도 였다. 암컷은 그보다 약간 작았다. 장거리 이동에 적합하게 가슴 근육이 발달했고 꽁지가 매우 길고 끝 이 날카로운 것이 특징이었다.

모란앵무 노랑노랑 랑랑이

얼마 전, 우연한 기회에 모란앵무 한 마리를 돌본 적이 있었다. 대형마트 애완동물 코너에서 팔던 새였 는데 병들어 버려지게 된 것을 소동물 유통업에 종사하는 지인이 나에게 가져왔다. 그 모란앵무는 머리 한쪽의 깃털이 쌀알 크기만큼 빠져 있었다. 어디가 어떻게 아픈지는 정확히 모르지만 아마도 우울증인 것 같다고 했다. 앵무새는 대중적으로 인기 있는 동물이 아니라서 병을 제대로 진단하고 치료하는 전문 병원이 많지 않았다. 나는 그 샛노란 녀석을 노랑노랑 랑랑이라고 불렀다. 예전에는 새를 유난히 좋아하 는 사람들을 이해하지 못했는데 랑랑이를 처음 만져 보고 함께 지낸 이후로 완전히 반해버렸다. 우울증 인 것 같다는 지인의 말과 달리 랑랑이는 붙임성도 좋고 굉장히 명랑해 보였다. 내 머리와 어깨, 무릎을 오르락내리락하며 놀다가 품에 안겨 잠들곤 했고 호기심이 많아서 여기저기 기웃기웃 종종거리고 다녔 다. 사료도 잘 먹고 점점 더 건강해지는 것 같았다.

어느 날 새벽, 그림을 그리다가 랑랑이를 보러 갔더니 바닥에 쓰러져 있었다. 녀석이 영영 날아가 버 린 것이다. 불과 몇 시간 전에도 꺼내 달라고, 같이 놀자고 살랑살랑 새장 입구로 다가왔었는데 따뜻한 생명이 떠나고 차가운 몸뚱이만 남아 있었다. 전에는 새를 기르는 사람들이 "죽었다" 대신에 "낙조했다" 라는 표현을 쓰는 것이 별로 와 닿지 않았다. 그러나 항상 횃대에 앉아 있거나 돌아다니던 랑랑이가 바 닥에 쓰러져 있는 모습을 보는 순간, 낙조落鳥라는 말이 얼마나 슬픈 말인지 알게 되었다. 새들은 죽기 전 에는 바닥에 눕지 않는다. 앵무새는 종종 손 쓸 새도 없이 갑자기 낙조하는 경우가 더러 있다고 들었지 만 랑랑이만은 제 수명을 채우고 가리라 막연히 기대했었다. 표현할 수 없이 귀엽고 사랑스럽고 보드랍 고 보송보송하던 노란 깃털이 생명이 떠나자 어설프게 박제된 새처럼 거칠고 부자연스러웠다. 랑랑이 는 태어날 때부터 죽을 때까지 새장에서만 살았다. 죽은 후에라도 숲으로 돌려보내고 싶어서 작업실 뒤 편의 작은 숲 속 나무 밑에 묻어 주었다.

생명이 떠난 후

랑랑이가 떠난 후에는 새들의 멸종이 조금 다르게 다가온다. 발에 이름표를 매달고 있는 새의 표본이나 박제된 새를 보면 랑랑이가 떠오른다. 샛노랗게 빛을 내며 살아 있을 때와 생명이 떠난 후 차갑고 뻣뻣하게 변한 모습이 어찌나 다른지 애처로운 랑랑이의 모습이 도무지 잊히지 않는다. 새뿐만 아니라 우리 곁의 모든 생명체가 마찬가지다. 죽음을 맞아 떠나면 다시는 그 사랑스러운 모습을 볼 수 없어 마음이 아프다. 여러 가지 색으로 빛나는 부드러운 깃털을 가졌던 여행비둘기를 거칠고 메마른 표본으로밖에 볼 수 없는 것은 그래서 너무나 슬픈 일이다.

세계에서 가장 높은 빌딩

두바이에 있는 부르즈 할리파는 2010년에 준공되었고 지상 163층, 높이는 828미터다. 현재 세계에서 가장 높은 빌딩이며 건축상도 다수 수상했다. 그러나 경이적인 높이의 초고층 빌딩에 얽힌 이야기는 건물만큼 멋지지 않다. 건설 기간에는 낮은 임금과 열악한 조건에 동남아시아의 노동자를 동원하면서 노동문제가 불거졌다. 또한, 2008년부터 2010년까지 세계 금융위기의 영향으로 국가부도 위기에 몰린 두바이는 아부다비의 경제적 지원을 받아 겨우 빌딩을 완공할 수 있었다. 이런 연유로 빌딩의 이름이 아랍에미리트 대통령이자 아부다비 통치자인 할리파 빈 자이드 알 나하얀의 이름을 따서 할리파의 탑이라는 뜻의 부르즈 할리파가 되었다. 원래 이름은 부르즈 두바이였다.

잊지 않을게

나는 아주 어릴 때부터 유달리 동물을 좋아했으니 아마도 타고난 마음인 듯하다. 동물을 위해 작은 일이라도 하도록 지음 받은 것이 아닌가 생각도 했다. 2014년은 마지막 여행비둘기 마사가 죽은 지 100년이 되는 해였다. 비둘기 한 마리의 죽음은 그리 큰일이 아니다. 그러나 인간 때문에 하나의 종이 멸종된다는 것은 너무나 슬프고 미안한 일이다. 나는 여행비둘기 멸종 100주년을 맞아 전에 없이 큰 책임감을 느끼게 되었고 앞으로 힘이 닿는 데까지 사라져 가는 동물을 그림으로 기록하자 다짐했다. 생태문제와 동물에 관심이 많은 사람이라면 알고 있었을 테지만 복잡한 세상살이만으로도 벅찬 현대인에게 100년 전 사라진 새에게 관심을 두기란 힘든 일이다. 모두가 같은 일에만 관심과 시간을 쏟는다면 세상은 제대로 돌아갈 수 없으니 멸종되는 동물들에 무심하다고 누군가를 탓할 일도 안타까워할 일도 아니다. 그러나 모두가 조금만 관심을 기울인다면 소중한 동물들이 세상에서 사라지는 것을 막을 수 있고 우리의 자연도 보다 아름답고 풍요로워질 것이다.

부르즈 할리파를 지나서

마지막 여행비둘기 마사는 동물원 안에서 나뭇가지에 앉아 있다가 떨어져 죽었지만 그림 속에서는 하늘 높이 날게 하고 싶었다. 소녀는 열기구를 타고 세계에서 가장 높은 빌딩을 바라보고 있다. 몽골피에 형제가 인류 최초의 비행물체를 만든 220여 년 전에는 수많은 여행비둘기가 하늘을 마음껏 날고 있었을 것이다. 열기구는 속도도 느리고 효율성도 떨어지지만 인간이 가장 평화롭게 하늘을 나는 방법이라는 생각이 든다. 그림 속에서 마지막 여행비둘기 마사는 열기구를 탄 소녀와 함께 즐거운 여행을 떠나고 있다. 그들은 멀리 보이는 부르즈 할리파를 지나 더 높이 더 멀리 날아갈 것이다. 🪶

인류에 의해 멸종된 최초의 동물, 도도
중국, 상하이 타워, 632미터

도도는 자신이 이 세상에 유일하게 남은 마지막 도도라는 사실을 몰랐다. 그것은 아무도 몰랐다.
이윽고 비바람이 그쳤을 때, 도도는 다시 눈을 뜨지 못했다.
그와 함께 도도는 멸종했다.*

도도는 인도양 남서부의 작고 외딴 모리셔스 섬에서 천적 없이 오랜 세월을 사는 동안 몸집은 커지고 날
개는 퇴화하여 날지 못하는 새가 되었다. 큰 파충류 몇 종류 외에는 육식 동물이 전혀 없는 원시 상태의
섬에서 도도는 열매를 먹고 땅 위에 둥지를 짓고 번식기에 하얀 알을 하나씩 낳으며 평화롭게 살았다.
인간과의 첫 만남은 1507년 포르투갈 탐사대였지만 별다른 일은 일어나지 않았다. 그러다 1598년 네
덜란드 탐사대가 모리셔스 섬에 당도하면서 섬의 고유종인 거북과 도도를 잡아먹기 시작했다. 1601년
에 출판된 항해기에서 도도를 최초로 언급한 야코프 코르넬리위스 판 넥은 도도의 고기가 질겨서 먹기
힘들다며 '발크뵈헬', 네덜란드어로 '역겨운 새'라고 표현했다.

날지 못하는 새의 비극

모리셔스 섬을 찾는 유럽인들은 도도를 무자비하게 사냥했고 17세기 초반에는 네덜란드 이주자들이 구경거리로 삼기 위해 포획하기도 했다. 사람을 처음 본 도도는 스스럼없이 다가오곤 해 손으로도 쉽게 잡을 수 있었다. 한 마리를 잡으면 다른 도도가 친구를 구하기 위해 우르르 몰려들기도 했다. 오직 모리셔스 섬에만 살던 도도의 멸종을 앞당긴 요인은 또 있었다. 인간에 의해 섬에 유입된 여러 동물 중에서 잡식성인 원숭이와 돼지가 천적이 되어 도도의 알과 어린 도도가 위험에 처한 것이다. 이러한 복합적인 요인이 맞물려 결국 도도는 세상에서 완전히 사라졌다. 살아 있는 도도가 마지막으로 목격된 것은 1662년이었다. 도도는 인류에 의해 사라진 최초의 종으로 동물멸종사의 중요한 상징이 되었다.

도도의 이름과 생김새

도도는 초기에 'dod-aarsen'이라는 이름으로 기록되기도 했는데 어떤 학자는 이것을 '게으름뱅이'라는 뜻의 네덜란드어 'dodoor'에서 유래했다고 주장했다. 또 다른 학자는 '둥글고 무거운 혹'이라는 뜻의 네덜란드어 'dod'와 '엉덩이'라는 뜻의 영어 'arse'와 같은 어원인 'aarsen'이 결합한 이름이라고 주장했다. 이 밖에도 오랫동안 많은 논란이 있었지만 1634년에 여행기를 출판한 영국인 토마스 허버트가 '멍청한', '단순한'이라는 뜻을 지닌 포르투갈어 'doudo'에서 유래했다고 주장한 것이 신빙성을 얻는다. 'dodo'가 비둘기의 울음소리 'doodoo'를 흉내 낸 의성어라는 견해도 있다. 이름의 유래를 보면 도도의 생김새가 그다지 호감을 주는 편이 아니었다는 것을 알 수 있다. 일찍이 멸종한 탓에 확실한 기록이 없고 모양이나 크기에 대한 묘사가 다양하다. 박물관에 보존된 골격도 꿰맞춘 것들이라 완전하지 않지만 16~17세기에 제작된 다수의 그림과 판화, 기록 덕분에 도도가 어떻게 생겼는지 짐작할 수 있다. 도도는 갈색과 회색의 깃털, 살이 찐 커다란 몸집과 뭉툭하게 구부러진 짙은 색 부리, 깃털이 없는 얼굴, 짧은 다리와 퇴화한 날개, 둥그렇게 말린 몇 가닥의 꽁지깃을 갖고 있었다. 몸길이는 약 1미터, 몸무게는 10~21킬로그램 정도로 추정된다.

미궁에 갇힌 미노타우로스

영국의 화가 조지 프레더릭 왓스의 1885년 작作 〈미노타우로스〉는 무척 흥미롭고 아름다운 작품이다. 그리스 신화에 등장하는 미노타우로스는 '미노스의 황소'라는 뜻으로 황소의 머리를 가진 반인반수의 괴물이다. 이 괴물은 크레타의 왕인 미노스의 왕비 파시파에가 황소와 사랑해 낳은 자식인데 신에게 바칠 황소를 훔친 적이 있었던 미노스는 이것이 자신에게 내려진 신의 벌이라는 것을 알고 있었다. 그는 사랑하는 왕비의 자식을 차마 죽일 수 없어 다이달로스가 만든 미궁에 미노타우로스를 가두었다. 불행히도 이 괴물은 사람 고기를 먹어야만 살 수 있었다. 미노스는 크레타에 빚을 진 적이 있는 아테나이의 소년과 소녀를 7명씩 9년마다 공물로 바치게 해서 미노타우로스에게 먹이로 주었다. 후에 미노타우로스는 아테나이의 왕자 테세우스에게 죽임을 당한다.

왓스의 그림 속 미노타우로스는 작은 새를 손에 움켜쥐고 미궁에 기대어 어딘가를 바라보고 있다. 한 순간을 시처럼 함축적으로 묘사한 그림이라 보는 사람마다 해석이 다를 수 있을 것이다. 나는 왓스가 그린 미노타우로스의 모습에서 슬픔과 고독을 느꼈다. 미노타우로스에게 보이는 것은 빠져나갈 수 없는 미궁뿐이었을 것이다. 자신의 잘못으로 괴물이 된 것은 아니지만 자신이 사람을 잡아먹는 괴물임을 부인할 수도 없었던 미노타우로스. 들어갈 수는 있지만 나올 수 없는 미궁에 갇힌 미노타우로스의 쓸쓸한 모습은 우리 자신, 더 나아가 인류의 초상인지도 모른다.

인류는 끝없는 욕망에 사로잡혀 앞으로 계속 내달리고 있지만 사실은 목적지도 도착지도 없이 길을 잃은 것처럼 보인다. 우리가 냉혹한 개발 논리와 물질주의의 미궁에서 헤매는 동안 소중한 것들이 무수히 파괴되고 사라졌다. 악의 없이 저지른 행위일지라도 결과에 대한 책임을 피할 수는 없다. 미노타우로스가 테세우스에게 죽임을 당한 것처럼 인류도 환경파괴가 불러온 재앙으로 파멸될 수 있다. 더 늦기 전에 우리는 미궁에서 벗어나는 방법을 찾아야 하지 않을까.

처음 만난 인간이라는 풍경

온순한 도도들이 뒤뚱거리며 걸어와 생전 처음 만난 인간을 관찰하는 광경을 상상해 본다. 랑랑이가 떠난 후, 앵무새 몇 마리를 더 데려와 돌보면서 새들이 얼마나 영리한지 알게 되었다. 그들도 인간처럼 개체마다 개성을 지니고 있다. 겁이 많은 녀석이 있고 호기심이 왕성한 녀석이 있고 얌전한 녀석이 있다. 캄캄해지면 잠들고 아침이면 일어나서 수다를 떨 듯 우짖는다. 노래를 불러 주면 박자에 맞춰 고개를 위아래로 흔들며 즐거워하고 장난감을 주면 물고 뜯고 흔들면서 재미있게 가지고 논다. 사람의 아이처럼 순진하고 예쁘다. 아무런 해도 끼치지 않고 살아온 도도를, 아무런 악의도 없이 가까이 다가온 도도를 오로지 착취의 대상으로만 바라보고 우악스럽게 잡아 죽인 인간의 무지와 탐욕이 부끄럽다. 동물의 멸종사를 들춰 보면 인간은 마주치는 모든 동물을 죽이고 가죽을 벗기고 잡아먹었다. 당시 사람들의 생활이 아무리 척박했더라도 잠시 멈춰 생각해 보면 동물과 평화롭게 공존하는 방법을 찾을 수도 있었을 텐데 말이다.

친구가 되고 싶었던 도도를 위하여

내 그림에서 소녀와 도도가 바라보는 복잡한 대도시는 미노타우로스가 갇힌 미궁과 다를 바 없다. 건너편에서 미노타우로스가 소녀와 도도를 바라보고 있을지도 모른다. 끝없이 높아져만 가는 빌딩 숲 속의 도도는 과거와 현재 그리고 미래에 인간에 의해 사라져 갈 동물을 상징하고 있다. 소녀는 우리가 물려주는 환경에서 살아가야 하는 다음 세대를 상징한다.

끝내 도도를 멸종시킨 인간의 모습은 이솝우화 속 황금알을 낳는 거위를 떠올리게 한다. 황금알을 몽땅 꺼내기 위해 거위의 배를 가르는 주인의 이야기를 읽으면 누구나 안타까워한다. 그가 저지르는 행동의 결과가 너무나 자명해서 실제로는 아무도 그런 짓을 하지 않을 거라고 여긴다. 그러나 우리는 무지하고 탐욕스러운 우화 속 거위의 주인과 다를 바 없다. 오히려 그보다 더 어리석고 무자비하며 고마움을 모른다. 황금알에 비할 수 없이 귀중하고 놀라운 보물인 자연을 회복할 수 없을 정도로 함부로 다루고 고갈시키고 있지 않은가. 인간의 욕심으로 파괴되는 자연과 사라져 가는 동식물을 어떻게 지켜낼 수 있을까? 어쩌면 이것은 불가능한 일인지도 모른다. 그러나 나는 계속 그림으로 이야기하고 기록할 것이다. 인간에게 먼저 다가와 친구가 되고 싶어 했던 사라진 도도를 위해서. ❧

야생에서 사라진 바바리사자
사우디아라비아, 아브라즈 알 바이트, 601미터

만일 어떤 사람이 어린이 학대죄로 기소된다면,
온몸을 바쳐서 자기들을 돌봐주는 자연의 얼굴을 짓밟은 사람도 기소되어야 하리라.*

풍성하고 짙은 갈기가 목에서부터 배 밑까지 이어진 바바리사자는 주로 북아프리카 산악지대에 서식했다. 사자의 아종 중에서 가장 몸집이 크고 아름다웠으며 아틀라스사자, 누비아사자로도 알려져 있다. 바바리사자를 처음 목격한 것은 이집트인이었다. 약 3000년 전, 북아프리카의 산맥에 농장과 작은 마을을 이루고 살았던 베르베르족은 바바리사자에게 위협적인 존재였다. 그러나 개체 수가 급격하게 감소하게 된 것은 로마 시대로 6세기에 걸쳐 수천 마리의 바바리사자가 콜로세움 경기장에서 죽임을 당했다. 18세기 초에는 아프리카 북서부 지역과 아틀라스 산맥에 고립되어 살던 개체군이 사라졌고 남아 있던 바바리사자는 현지 가이드를 앞세운 유럽인의 대규모 사냥으로 야생에서 완전히 자취를 감췄다. 광범위한 산림 벌채와 인간의 정착지 확장도 멸종을 앞당겼다. 야생에 살던 마지막 바바리사자는 1942년, 모로코에서 사살되었다.

황금처럼 빛났던 바바리사자의 눈동자

과거 모로코 왕실은 세금 대신 바바리사자를 받아 궁전에서 길렀다. 궁전에서 자라던 사자들이 호흡기 질환으로 대부분 죽게 되자 사자에게 좋은 환경을 만들어주기 위해 수도인 라바트 인근에 테마라 동물원을 짓기도 했다. 현재, 테마라 동물원에 남아 있는 개체는 바바리사자의 순수혈통을 계승한 것으로 여겨진다. 야생에서 살던 바바리사자는 멸종했지만 다른 아종의 사자와 교배 후 태어난 혼혈 바바리사자는 지금도 세계 각국의 동물원에서 생존하고 있다. 이 사자들을 토대로 여러 연구팀에서 바바리사자 복원 프로젝트를 진행하고 있다. 수컷의 몸길이는 2.7~3.4미터이고 체중은 180~270킬로그램이었다. 암컷의 체중은 110~180킬로그램 정도다. 암컷과 수컷은 1월로 추정되는 번식기에만 함께 지냈고 약 110일의 임신 기간을 거쳐 1~6마리의 새끼가 태어났다. 갓 태어난 새끼는 1.6킬로그램 정도로 생후 6일째에 눈을 뜨고 13일 정도 지나면 걷기 시작해 성적으로 성숙해지는 2년 후, 어미 곁을 떠났다. 바바리사자는 주로 홀로 생활하거나 동성끼리 짝을 지어 다녔으며 붉은사슴, 멧돼지, 큐비어가젤 등을 잡아먹었다. 짙은 갈기에 비해 얼굴의 털과 눈동자의 색이 황색 혹은 황금색으로 빛났다.

사자 세실의 죽음

2015년 7월 1일, 한 미국인 치과의사가 짐바브웨에 살던 유명한 사자, 세실을 죽이고 기념으로 박제하기 위해 머리를 잘라냈다. 그는 이미 50여 마리의 야생동물을 사냥한 전적이 있었고 사자를 죽인 것도 처음이 아니었다. 그는 보호지역인 황게국립공원 밖으로 세실을 유인해 죽였는데 이것은 사냥꾼들이 법적인 처벌을 피하려고 동원하는 교묘한 수법이었다. 그가 사냥을 위해 지불한 돈은 3만 5,000달러, 한화로는 약 4,100만 원이었다. 생명을 죽이기 위해 돈을 지불하다니, 나는 소위 '스포츠 사냥'이라 불리는 동물살육이 지독하게 추악한 행위라고 생각한다. 사실 악한 행동의 범주는 시대, 상황, 문화 등에 따라서 달라지기 때문에 단순하게 정의하기 어렵다. 동물사냥은 과거에 상류계층의 유희였고 권세의 상징이었다. 그래서 지위가 높고 부유할수록 사냥을 벌이는 규모도 커졌다. 그러나 세상은 달라졌다. 자연과 동식물은 더 이상 왕이나 귀족의 사유물이 아니라 인류 공동의 소중한 유산이다.

　헝가리에는 "세 사람이 '너는 말馬이야.'라고 하면, 안장을 사라!"는 속담이 있다고 한다. 『범죄의 해부학』을 집필한 마이클 스톤 박사는 이 속담을 예로 들면서, "판사와 저널리스트 그리고 일반 대중이 특정 범죄를 악하다고 하면, 악한 것이다. 이 정도면 － 적어도 속세에서는 － 악의 정의로 볼 수 있다."＊고 했다. 세실을 죽인 의사는 합법적인 절차에 따라 사냥한 것이라 기소조차 되지 않았다. 그러나 사자 세실이 참혹하게 죽었을 때 대다수 대중과 언론은 강한 혐오감과 분노를 표출했다. 합법이었을지는 몰라도 분명 악한 짓이었다. 우리 시대에서 사라져야 할 것은 동물이 아니라 스포츠로 여겨지는 사냥이다.

그릇된 소유욕

인간의 소유욕이 얼마나 왜곡될 수 있는지는 고흐의 그림을 소유했던 대부호의 일화에서 알 수 있다. 1990년, 일본의 거부 사이토 료헤이가 뉴욕 크리스티 경매에서 고흐가 죽기 한 달 전에 그린 1890년 작⃰ 〈닥터 가셰의 초상〉을 8,250만 달러, 한화로는 약 1,000억 원에 구입했다. 미술품 경매 사상 최고가였다. 사이토 료헤이는 그림을 금고에 단단히 보관하고 누구에게도 공개하지 않았으며 자신이 죽으면 그림과 함께 화장해 달라는 유언까지 남겼다. 고흐의 작품을 영원히 소유했던 사람으로 기억되고 싶었던 걸까? 다행히 그의 유언은 실현되지 않았다. 고흐는 생전에 극심한 가난과 외로움에 시달렸고 그림을 단 한 점 팔았다. 그러나 지금은 전 세계의 부호들이 앞다퉈 고흐의 그림에 지대한 관심과 애정을 쏟고 있다. 대대수가 순수한 마음으로 고흐의 그림을 좋아하는 것과는 다른 차원의 관심이다. 유명한 화가의 작품은 주식보다 수익률이 훨씬 높은 데다 손실도 거의 없기 때문에 최고의 투자품으로 여겨지고 터무니없는 가격으로 거래된다.

　돈을 주고 샀으니 고흐의 그림을 마음대로 처분해도 된다는 생각, 돈을 냈으니 사자든 곰이든 사슴이든 마음껏 죽여도 된다는 생각은 황금만능주의와 그릇된 소유욕을 적나라하게 보여 준다. 그림도 동물도 갖고 놀다가 버리는 단순한 물질이 아니다. 고흐의 영혼이 담긴 그림 값은 과연 얼마일까. 사자나 코끼리의 생명 값은 또 얼마일까. 누가 어떤 자격으로 그것을 함부로 정할 수 있을까.

베아트릭스 포터가 자연을 소유하는 법

베아트릭스 포터는 세계적인 사랑을 받는 그림책, 『피터 래빗 이야기』를 시작으로 수많은 시리즈를 출간한 유명한 화가이자 동화 작가이다. 사랑스럽고 귀여운 동물이 등장하는 그녀의 그림을 모르는 사람은 아마 없을 것이다. 포터는 1866년, 런던의 부유한 가정에서 태어났다. 그녀의 가족은 매년 시골의 친척 집으로 휴가를 떠났다. 어릴 때부터 유난히 자연을 좋아했던 그녀는 시골 풍경을 관찰하고 기록하고 동식물과 화석의 세밀화와 풍경화를 그리면서 더없이 행복한 시간을 보냈다. 그림책으로 성공해 경제적으로 독립하게 되자 포터는 런던을 떠나 아름다운 풍광으로 유명한 레이크 디스트릭트로 이주해 남은 평생을 그곳에서 살았다. 레이크 디스트릭트 인근이 개발될 위기에 처하자 포터는 거대한 건물과 도시 시설이 들어서는 것은 발전이 아니라 '황폐해질 위험'이라 말하며 거세게 반대했다. 그리고 자연과 지역 고유의 농업 문화를 보존하기 위해 14곳의 농장과 집 20채와 4,049에이커의 땅을 구입해 소유했다. 1943년, 포터는 자신의 재산을 전부 내셔널 트러스트에 기증하겠다는 유서를 남기고 세상을 떠났다. 내셔널 트러스트는 1895년 영국에서 시작된 제도로서, 아름다운 자연환경과 문화자원을 개인이나 국가가 소유하는 것이 아니라 영구히 사회적 소유로 보존해 미래 세대에 물려주는 것을 목표로 한다. 레이크 디스트릭트는 지금도 베아트릭스 포터가 떠날 때의 모습 그대로 남아 있다. 그녀는 자연을 진정으로 사랑하고 소유하는 방법을 우리에게 알려주었다. 그녀의 영혼만큼이나 아름다운 그림책들도 시대를 초월하여 영원히 사랑받을 것이다.

상상하는 것만으로도 충분하다

강아지와 함께 산책하러 나가면 아이들이 다가와 만져도 되느냐고 묻는 일이 종종 있다. 아장아장 걷는 아주 어린아이부터 초등학생까지 인간과 다른 생명체를 바라보는 눈빛이 얼마나 예쁘게 반짝이는지. 어린 포터의 눈빛도 그렇게 반짝였을 것이다. 스포츠 사냥을 하는 사람들도 어릴 때는 동물을 좋아하거나 혹은 무서워했던 평범한 아이들이었을 것이다. 생명을 죽이는 일을 즐기게 된 것은 끔찍한 행위를 허용한 사회의 책임도 크다. 인간은 누구나 아름답고 신비로운 것을 향한 강한 호기심과 갈망을 지니고 있다. 그러나 호기심과 갈망이 다른 생명에게 고통을 준다면 우리는 욕구를 제어해야만 한다. 우리에게는 호기심만큼 강한 상상력이란 것이 있기에, 그 아름다운 생명체들이 이 세상 어딘가에서 평화롭게 살아가는 모습을 상상하는 것만으로도 충분히 행복할 수 있다. ❧

신비로운 파란영양의 멸종
미국, 제1세계무역센터, 541.3미터

마침내 우리가 모두 사라지면 여기에는 죽음 말고는 아무도 없을 거고
죽음도 얼마 가지는 못 할거요. 죽음이 길에 나서도 할 일이 없겠지.
어떻게 해볼 사람이 아무도 없으니까. 죽음은 이럴 거요.
다들 어디로 갔지?*

파란색 털을 가진 동물로 알려져 유명해진 파란영양은 아프리카 대형 포유류 중에서 유사 이래 최초로
멸종된 동물이다. 멸종되기 전에 붙여졌지만 슬픈 운명을 암시하는 듯한 파란영양이라는 이름은 이 아
름다운 동물에게 신비로움을 더해 준다. 사람들은 파란영양을 탐욕적으로 사냥해 가죽을 취했고 그다
지 맛있지 않았던 고기는 주로 키우는 개들에게 먹였다. 마지막 파란영양이 죽임을 당한 것은 1800년
경이었다. 마지막 빙하기 이후에도 널리 분포하며 만년 이상 생존했던 파란영양이 인간을 만난 이후에
급속히 멸종한 것이다.

무리 지어 살던 평화로운 동물

파란영양의 주 서식지는 남아프리카 해안 인근의 목초지였다. 한 마리의 수컷이 다수의 암컷과 새끼 20여 마리로 이루어진 무리를 이끌었다. 우두머리 수컷은 또 다른 수컷을 만나면 매우 격렬한 뿔싸움을 벌이곤 했다. 무리를 계속 이끌 것인지 새로운 수컷에게 축출당할 것인지 결정되는 사투였다. 새끼는 한배에 한 마리가 9개월의 배태 기간을 거쳐 태어났고 12~14킬로그램의 작은 새끼는 사자나 표범, 하이에나의 먹이가 되곤 했다. 성숙한 수컷의 몸길이는 2.5~3미터 정도였고 어깨높이는 1~1.2미터, 몸무게는 약 160킬로그램이었다. 암컷은 그보다는 작고 몸 색깔도 연한 편이었다. 머리 위에서 직각으로 솟은 뿔은 끝 부분이 뒤쪽으로 완만하게 휘어져 초승달을 연상시켰으며 길이는 약 60센티미터로 20~35개의 링이 촘촘히 박힌 듯한 형태였다. 갈색의 긴 얼굴과 눈 주변에는 하얀 얼룩이 있었고 가느다란 꼬리는 뒷다리의 무릎까지 내려왔다.

정말 파란색이었나

파란영양은 사실 이름처럼 파란 털로 뒤덮인 동물은 아니었던 것 같다. 사진이 발명되기 전인 1719년 독일인 피터 콜브가 파란영양에 대해 처음 기록한 후 풍문과 흥미를 더해 윤색되면서 파란색 털을 가진 동물로 널리 알려진 것이라 한다. 윤기 나는 흑색과 황색 털의 조합이 전체적으로 푸르다는 인상을 준 것으로 여겨진다. 어쩌면 노쇠한 파란영양의 짙은 피부가 성긴 황색의 털 사이로 드러나 파란색으로 보였을지도 모른다. 현재 빈, 스톡홀름, 파리, 레이던 총 4개의 박물관에 표본이 보존되어 있다. 그러나 어느 표본에서도 파란색을 발견할 수 없다. 과학적으로 사실이든 아니든 파란영양을 실제로 본 과거의 목격자들은 모두 몸 색깔이 파랗다고 기록했다. 무엇이 진실인지는 알 수 없다. 살아 있는 파란영양을 다시는 볼 수 없으니 파란영양의 빛깔은 영원한 수수께끼이자 신비로 남았다.

아무도 모르게 홀로 죽는다는 것

동물학자 마틴 리히텐슈타인에 따르면, 남아프리카의 마지막 파란영양은 1799년 혹은 1800년에 죽임을 당했다. 최후의 파란영양이 수컷이었다면 그가 이끌던 무리가 전부 죽은 후였을 것이다. 암컷이었다면 새끼를 잃었거나 밴 상태로 아무런 보호도 받지 못한 채 홀로 방황하고 있었을 것이다. 어린 새끼였다면 마지막까지 살아남지 못했을 것 같다. 무리 지어 살아가는 동물에게 세상에 혼자 남겨지는 것보다 슬픈 일이 또 있을까? 인간보다는 단순하게 작동하지만 동물에게도 생각과 마음이 있다. 마지막 남은 파란영양의 고독한 죽음을 상상하니 가슴이 아프다.

코맥 매카시의 장편소설 『로드』는 지구에 대재앙이 닥친 후 겨우 살아남은 인류의 처절한 사투를 그리고 있다. 식량이 부족한 상황에서 '나쁜 사람들'은 동료를 약탈하고 죽이고 잡아먹는 것을 선택하고 '좋은 사람들'은 굶주림과 공포에 시달리며 숨어 다닌다. 소설 속 아버지는 최후의 상황에 대비해 어린 아들에게 권총 자살을 가르친다. 자신이 죽는다면 혼자 남겨진 아들이 나쁜 사람들의 먹이가 될 것이 뻔하기 때문이다. 아들이 아버지에게 우리는 좋은 사람들이냐고, 앞으로도 좋은 사람들이냐고 묻는 장면이 특히 마음에 남는다. 나쁜 사람들을 피해 도망치는 좋은 사람들과 그저 쫓기만 다니다 멸종된 온순한 초식동물의 상황은 크게 다르지 않다. 『로드』에서 나쁜 사람들은 신선한 고기를 먹기 위해 죽지 않을 정도로만 사람들의 신체 일부를 떼어 먹고 감금하기도 한다. 지나치게 잔인한 설정이라고 생각할지 모르지만 세상에서 실제로 벌어지는 온갖 폭력에 비하면 그리 놀랄만한 이야기도 아니다.

나 아닌 다른 존재를 대하는 방식

살다 보면 이기적이고 냉혹한 사람들이 높은 지위와 재물을 얻고 만사형통하는 것처럼 보일 때가 많다. 『로드』에서 묘사된 현실이 눈앞에 닥치면 그런 사람들은 아마도 나쁜 사람들의 생존방식을 선택할 것이다. 사람을 잡아먹든지 굶어 죽든지 무슨 상관이냐고, 최악의 상황에서는 무슨 짓이든 할 수 있는 것이 아니냐고 말하는 사람이 있다면 나는 그 사람과는 친구가 되지 않을 것이다. 그런 생존방식은 많은 것을 소유하고 오래 살아남을 수는 있지만 소설의 주인공도 세상의 주인공도 되지 못한다. 세상을 보다 아름답게 만드는 것은 그런 사람들이 아니다.

멸종동물 이야기는 단지 동물에 대한 것이 아니다. 나 아닌 다른 존재를 대하는 생존방식의 문제이기도 하다. 나는 파란영양이 인간보다 연약해서가 아니라 더 선한 존재여서 멸종했다고 생각한다. 지금 인류는 모두가 나쁜 사람들이 되어 무방비 상태의 자연을 약탈하고 있다. 소설 속에서처럼 굶주리고 헐벗은 것도 아닌데 왜 다른 존재를 살육하는 짓을 멈추지 못할까? 우리의 나쁜 선택이 계속 반복되면 언젠가 대재앙은 현실이 된다. 자연을 마음껏 착취하고 파괴한 후에는 인간도 비참한 최후를 맞이할 것이다.

테러로 무너진 곳에 들어선 프리덤 타워

그림에서 파란영양이 서 있는 곳은 제1세계무역센터가 있는 뉴욕의 한복판이다. 2001년, 9·11테러로 세계무역센터가 파괴된 후 같은 자리에 신세계무역센터가 새롭게 들어서고 있다. 제1세계무역센터는 신세계무역센터의 핵심 건물로 프리덤 타워라는 의미심장한 별칭을 가지고 있다. 첨탑을 포함하여 높이 541.3미터, 지상 94층으로 2014년 완공되었고 현재 세계에서 네 번째로 높은 건물이다.

2001년 9월, 세계무역센터가 테러로 무너진 날이 떠오른다. 벌써 14년 전 일이다. 사람들은 뉴스를 보면서 믿을 수 없는 일이라며 고개를 저었다. 전 세계에 실시간으로 중계된 대참사는 어떤 말로도 표현할 수 없는 충격을 주었다. 세계 경제의 중심이자 미국의 상징이었던 초고층 쌍둥이 빌딩이 무너지면서 3,500여 명에 달하는 희생자의 삶과 꿈도 함께 부서져 내렸다. 그 참혹한 광경을 지켜본 이들의 가슴에도 상처가 남았다. 14년이 지났지만 끔찍한 테러와 전쟁이 지구촌 곳곳에서 끊임없이 되풀이되고 있다.

손이 닿는 곳마다 황금이 아닌 생명이 빛나길

인간은 서로를 죽이고 있을 뿐만 아니라 생명의 모태인 지구마저도 파멸로 몰아가고 있다. 인간의 발길이 닿는 곳마다 자연이 파괴되고 무수한 생물 종이 영원히 사라진다. 우리는 막다른 절벽에 서 있던 마지막 파란영양을 지켜 주지 못했다. 지금도 멸종위기에 처한 생명이 하나둘 소리 없이 스러지고 있다. 그리스 신화 속 미다스의 이야기가 떠오른다. 그는 손으로 만지는 것마다 황금이 되길 원했지만 그 탐욕의 종말은 돌이킬 수 없는 불행이었다. 인류는 미다스처럼 무엇이든지 황금으로 바꾸는 환상에 빠져 있다. 그러나 생명과 맞바꾼 황금에 과연 어떤 가치가 있을까? 우리 손이 닿는 것마다 진정으로 아름답게 되살아나고 찬란히 빛나길 바란다. ✤

대량학살로 사라진 태즈메이니아주머니늑대
타이완, 타이베이 101, 508미터

사실 다른 종의 자원을 빼앗아도 괜찮다면 다른 인간들의 자원을 빼앗지 못할 이유가 어디 있겠는가?
다른 종을 착취하는 게 좋은 일이라면 다른 인간을 착취하는 것도 마찬가지일 테니 말이다.*

1803년, 영국인이 죄수와 정착민, 개와 양을 데리고 오스트레일리아의 태즈메이니아 섬에 상륙했다. 섬은 곧 악명 높은 유형지가 되었고 목초지가 끝없이 펼쳐진 섬이라 양 축산업도 날로 번성했다. 그러나 탈출한 죄수들이 산적이 되어 양을 훔쳤고 목장에서 도망친 개들과 태즈메이니아주머니늑대들도 양을 잡아먹었다. 목장주들에게 태즈메이니아주머니늑대는 굉장히 낯설고 이상한 동물이었다. 그다지 호감이 가지 않았던 외모를 지닌 이 동물은 모든 피해의 원흉이자 증오의 대상으로 지목되었다. 1930년, 양과 소를 대규모로 방목하던 회사가 자체적으로 포상금을 걸어 사냥을 독려했고 농장을 소유한 사람들이 정부에 거세게 항의하자 정부 차원의 포상금 사냥도 시작되었다. 그렇게 시작된 무차별 학살은 태즈메이니아주머니늑대가 더 이상 잡히지 않을 때까지 멈추지 않았다.

사라지고 나서야 소중해진 존재

태즈메이니아주머니늑대는 태즈메이니아 섬에만 살았던 육식동물로 대형 유대목에 속한다. 태즈메이니아호랑이라는 이름으로 불리기도 했는데 등에서 꼬리 끝까지 있던 15~20개의 짙은 줄무늬 때문에 붙여진 이름이었다. 태즈메이니아주머니늑대는 1930년, 야생에서 완전히 자취를 감췄다. 런던 동물원이 150파운드에 사들여 사육하던 한 마리가 1931년에 죽었고 호바트 동물원에서 사육되던 어미와 새끼가 세상에 남은 마지막 태즈메이니아주머니늑대였다. 한 마리는 1935년에 죽었고 마지막 한 마리는 1936년 9월 7일에 죽었다. 1만 4000년 전부터 육지와 단절된 태즈메이니아 섬에서 오랜 세월 살았던 태즈메이니아주머니늑대가 영국인이 섬에 들어온 지 140여 년 만에 급속히 사라진 것이다. 대량학살, 서식지 상실, 외래종인 개들과의 먹이 경쟁, 가축들로부터 전해진 새로운 질병이 멸종의 원인이었다. 태즈메이니아주머니늑대를 보호하기 위해 법적 조치가 내려진 것은 안타깝게도 마지막 남은 한 마리가 세상을 떠난 해인 1936년이었다. 태즈메이니아주머니늑대는 멸종 후에 전설적인 존재가 되었다. 지금도 어떤 사람들은 한 마리라도 살아 있을지 모른다는 기대를 품고 태즈메이니아주머니늑대를 찾고 있다. 그러나 갖가지 소문만 무성할 뿐 구체적인 생존 흔적이 발견된 적은 없다.

낯설고 이상한 동물

얼핏 보면 개를 닮았고 해부학적으로도 유사하지만 별개의 종이다. 뒤쪽으로 개방된 새끼주머니를 지녔고 다리가 짧고 꼬리는 길고 뻣뻣했다. 쫑긋한 귀와 기다란 주둥이, 강한 턱과 이빨을 지녔으며 털 색깔은 전반적으로 황갈색이었고 등에 있는 짙은 줄무늬가 가장 큰 특징이었다. 낮에는 은신처에 머물다가 어두워지면 먹이 사냥에 나섰다. 주로 캥거루과의 왈라비, 숲왈라비 등을 잡아먹었다.

　비교적 최근에 멸종됐기 때문에 인터넷에서 태즈메이니아주머니늑대의 사진을 많이 볼 수 있다. 사냥꾼이 촬영한 기념사진이거나 동물원에서 찍힌 사진이 대부분이다. 특히 마음에 남는 사진은 사육장 안에 어미와 새끼 3마리가 함께 있는 사진이다. 그들은 엉덩이를 벽에 바짝 붙이고 쪼르르 앉아 호기심과 경계심이 뒤섞인 눈빛으로 앞을 응시하고 있다. 생존 당시에는 사람들에게 호감을 사지 못했던 생김새였을지 몰라도 내 눈에는 더없이 사랑스러워 보였다. 그저 숲 속 어딘가에서 살아가는 것조차 허락되지 않다니 너무나 미안할 뿐이다. 태즈메이니아주머니늑대는 1만 년 이상 살아온 땅에서 오히려 불청객이 되었다. 욕심에 눈먼 사람들은 낯설고 이상한 동물과 섬에서 공존하는 것을 원하지 않았다. 잘 알지 못했기 때문에 더욱 불안하고 불쾌한 동물이었다. 태즈메이니아주머니늑대를 몰살시키는 대신에 울타리를 보강하거나 양치기를 더 고용할 수도 있었을 텐데 사람들은 그렇게 하지 않았다.

사라진 동물을 보면 떠오르는 기억

사라진 동물을 보면 과거에 내가 지켜 주지 못했거나 방관하는 동안 상처받은 사람들이 떠오르곤 한다. 달리 소속이 없던 유년기에는 그렇지 않았는데 초등학교에 들어가 한 집단의 구성원이 되자 차별과 소외를 경험하기 시작했다. 가난하거나 아프거나 어딘가 조금 다른 아이들은 항상 약자였고 놀림과 괴롭힘을 당했다. 성장하는 동안 나는 가해자가 되기도 했고 피해자가 되기도 했다.

　초등학교 1학년 때 같은 반에 매일 노란 장화를 신고 다니는 아이가 있었다. 그 아이는 절뚝거리며 힘겹게 걸었고 옷차림도 생김새도 보통의 아이들과는 조금 달랐다. 학교에 나오지 않는 날도 많았다. 당시만 해도 어린이에게 장애인에 관한 배려를 가르치지 않았고 어른들도 편견이 담긴 언사를 아무렇지 않게 내뱉곤 했다. 아이들은 삼삼오오 모여서 종아리까지 올라오는 아이의 노란 장화 속에 무엇이 숨겨져 있을까 상상하며 멋대로 떠들었다. 장화를 벗겨 보자는 의견도 나왔고 징그럽게 생긴 발을 봤다는 아이도 있었다. 확인되지 않은 이야기 속에서, 그 아이는 할머니와 단둘이 살며 지독히 가난한 데다 지능이 낮고 철도사고로 두 발의 앞부분이 짓이겨져서 이상한 형태만 남은 기막힌 사연의 주인공이 되었다. 워낙 호기심이 많았던 나는 하굣길에 그 아이를 뒤따라가 본 적이 있었다. 한동안 따라 걸으니 어떤 여자가 마중을 나와 아이를 데리고 갔다. 그 아이에 대한 소문이 거짓이라는 것을 알게 되었지만 나는 아무 말도 하지 않았다. 아이는 철저히 외톨이였고 나는 구경꾼 중 하나였다. 언제부턴가 아이는 학교에 나오지 않았다. 아이들은 더 끔찍한 이야기를 만들어냈다. 얼마 전에 할머니가 병으로 죽었고 아이도 기차에 치여 죽었다는 것이었다. 학년이 바뀌기 전까지 그 아이는 끊임없이 이야깃거리가 되었다.

그 후 얼마 지나지 않아서 나는 시장 근처에서 팔꿈치 아래와 하반신이 거의 없는 아저씨 한 분이 바닥에 엎드려 구걸하는 것을 보았다. 아저씨는 까맣고 두꺼운 고무 재질의 포대기로 짧은 하반신을 감싸고 있었다. 그 아저씨를 보니 아이가 신었던 노란 장화가 떠올랐다. 그때 내가 느낀 감정은 너무도 복잡해 지금도 뭐라고 설명하기 힘들다. 몇십 년이 지났지만 노란 장화를 신고 절뚝거리며 걷던 그 아이의 뒷모습이 생생히 떠오른다. 다른 아이들에게 그런 취급을 받을 이유가 전혀 없는 조용하고 착한 아이였다. 나는 왜 그 아이의 친구가 되어주지 못했을까. 잔인한 소문과 따돌림에 상처받는 것을 뻔히 보면서도 왜 가만히 있었을까. 내 인생에서 가장 부끄러운 기억 중 하나다.

존재가치를 증명하는 방법

우리는 서로 다를 뿐이지 우월하거나 열등한 존재는 따로 없다는 것을 잘 알면서도 습관적으로 잣대를 들이댄다. 사회적으로 성공한 사람이나 유명인이 등장하면 두 팔 벌려 환호하고 장애인 시설이 주변에 들어올라치면 결사반대 시위에 나선다. 우리가 사는 세상에서는 유용하지 않은 존재는 소외되고 보이지 않는 곳에 유기된다. 내가 예전에 알던 사람은 이익이 되지 않는 사람과는 단 1분도 만나지 않는다며 투철한 시간 관리로 일군 성공을 자랑스러워 했다. 언젠가는 마흔도 훌쩍 넘긴 남자로부터 자기가 찬 시계가 얼마인지 타고 다니는 차가 얼마인지 맞춰 보라는 어처구니없는 말도 들었다. 처음에는 진담인지 농담인지 몰라서 당황했는데 그의 진지한 표정을 보아하니 진담인 것 같았다. 소유한 물건으로 자기 가치를 증명하고 싶어하는 그의 모습에 안타까움을 느꼈다.

생명의 값어치를 따져서는 안 된다

초등학교 저학년 때는 아이들의 관심을 사려고 신기한 장난감이나 물건을 들고 학교에 오는 남자애들이 어느 반에나 있었다. 친구를 만들고 싶어서 굉장히 잘 사는 것처럼 거짓말하는 여자애도 있었다. 물론 노란 장화를 신은 아이처럼 소외된 아이도 언제나 있었다. 어른의 세계도 그때와 별반 다르지 않은 것 같다. 자본주의적 논리가 지배하는 세상에서 우리는 모두 가치를 증명하기 위해 냉혹한 계산대 위에 올라야 한다. 가치 없고 유해한 동물로 여겨져 대량학살을 당했던 태즈메이니아주머니늑대의 멸종 이야기가 과거에 사라진 동물의 운명에 관한 것만은 아닐 것이다. 우리도 언젠가 쓸모없는 사람으로 낙인찍혀 공동체 밖으로 내동댕이쳐질지 모른다. 그러나 진정한 가치는 저울에 달 수도 없고 바코드를 찍어 계산할 수도 없다. 생명을 가진 모든 존재는 너나없이 동등하고 귀하기에 값어치를 따져서는 안 된다. 정말 그래서는 안 된다. ✤

마약이 되어버린 서부검은코뿔소의 뿔
중국, 상하이세계금융센터, 492미터

인간의 손톱처럼 케라틴으로 이루어진 코뿔소의 코는 오랫동안 전통 중국 약재로 쓰였으나
최근에는 최고급 파티의 마약으로 인기 있다고 한다.
동남아시아의 클럽에서는 분말로 만든 코뿔소 뿔을 코카인처럼 흡입한다.[*]

코뿔소는 무분별한 밀렵과 밀거래로 심각한 멸종위기에 처한 상태다. 코뿔소의 뿔은 해열과 해독, 최음
제로도 쓰이고 전통의식을 위한 칼자루의 재료가 되기도 한다. 또한 암을 비롯해 크고 작은 온갖 질병을
낮게 한다는 잘못된 믿음이 널리 퍼져 있다. 1960년, 아프리카에 서식하는 검은코뿔소는 대략 7만여 마
리였으나 현재는 4,000여 마리밖에 남지 않았다. 놀랍게도 1970년과 1992년 사이에 검은코뿔소의 96
퍼센트가 밀렵으로 죽었으며 극소수만 겨우 생존한 지금도 무자비한 밀렵이 계속되고 있다. 뿔이 잘린
채 피를 흘리며 죽은 코뿔소의 모습은 차마 똑바로 볼 수 없을 정도로 처참하다. 뿔을 자르더라도 세심
하게 환부를 치료한다면 코뿔소는 죽지 않는다. 그래서 밀렵으로 죽는 것을 막기 위해 미리 뿔을 잘라내
는 프로젝트가 시행되기도 했다. 그러나 코뿔소의 무기인 뿔을 제거한다면 또 다른 위험에 노출되므로
근본적인 해결책이 될 수 없다.

마침내 사라진 서부검은코뿔소

검은코뿔소는 콩고 분지와 서아프리카의 적도 산림 지역을 제외하고 사하라사막 이남 지역에 널리 분포한다. 어깨높이는 1.4~1.8미터, 몸길이는 3~3.75미터이고 무게가 800~1,400킬로그램에 달하는 거대한 초식동물이다. 강한 햇볕과 달려드는 흡혈파리를 피하고자 몸에 진흙을 바르고 낮에는 그늘이나 얕은 물웅덩이에서 뒹굴며 시간을 보낸다. 검은코뿔소의 아종인 서부검은코뿔소는 1980년에는 135마리가 생존해 있었지만 1991년에는 50마리, 다음 해에는 35마리, 1997년에는 약 10마리만이 살아남았다. 남은 개체들은 드넓은 카메룬 북부 지역에 외따로 흩어져 있어 번식이 불가능했다. 서부검은코뿔소가 마지막으로 목격된 것은 2006년이었다. 그 후 민간단체나 정부 차원에서 여러 차례 광범위한 조사를 벌였지만 서부검은코뿔소를 찾는 일은 쉽지 않았다. 제대로 된 길도 없는 데다 교통수단은 너무 비싸고 무장강도가 수시로 출몰해 안전하지 않았다. 밀렵꾼들은 동물이 마시는 물웅덩이에 독을 풀었고 곳곳에 올가미를 설치해 놓았다. 코뿔소의 흔적을 찾던 조사팀은 덫에 걸리거나 상처 입은 동물들을 수차례 발견했지만 서부검은코뿔소의 생존 흔적은 끝내 발견하지 못했다. 마침내 2011년 국제자연보전연맹은 서부검은코뿔소의 멸종을 공식적으로 선언했다.

다른 코뿔소들의 운명도 다르지 않다

현재 세계에서 가장 희귀한 대형동물로 여겨지는 인도네시아자바코뿔소는 인도네시아 자바 섬 국립공원에 약 40~50마리가 생존해 있다. 베트남자바코뿔소는 2011년 멸종했고 인도자바코뿔소는 이미 1990년대 초반에 사라졌다. 흰코뿔소의 아종인 북부흰코뿔소는 7마리 남았지만 너무 늙었거나 번식이 불가능해 곧 멸종될 것으로 보인다. 야생에 남은 수마트라코뿔소는 약 100여 마리에 불과하다. 40여 마리를 사육하며 30년간 번식을 위해 노력했지만 겨우 4마리의 새끼만을 얻었다. 그마저도 인공수정 등 각종 방법을 총동원해 겨우 성공한 것이었다. 코뿔소의 멸종을 막으려는 헌신적인 노력에도 불구하고 여러 종의 코뿔소들이 차례차례 세상에서 사라지고 있다.

살아 있는 동물의 쓸개에 빨대를 꽂는 사람들

오래전에 몸보신을 위해서라면 어디라도 찾아가고 무엇이든 먹는 한국 남성에 관한 방송을 본 적이 있다. 살아 있는 거대한 곰이 철창에 사지가 묶인 채 있었다. 몇몇 중년 남자가 곰을 바라보며 평상에 앉아 있었다. 누군가 곰의 복부에 뚫은 구멍에 빨대 같은 것을 꽂았다. 한 남자가 다가가 그 빨대를 입에 물었다. 지금 곰의 쓸개즙을 빨아 먹는 중이라는 내레이터의 설명을 듣고서야 나는 상황을 파악했다. 평상에 앉은 남자들은 차례를 기다리며 대화를 나눴고 간간이 웃기도 했다. 그 충격적인 장면과 곰의 울음소리를 잊을 수가 없다. 중병에 걸려 투병 중이라 지푸라기라도 잡는 심정으로 한 행동이 아니었다. 단지 쓸개즙이 정력에 좋다는 소문을 듣고 찾아왔을 뿐이다. 살아 있는 곰의 쓸개즙을 빨아먹은 그 남자들이 우리의 아버지, 아들, 오빠, 남편일 수 있다는 사실에 깊은 슬픔과 수치심을 느꼈다.

살아 있는 동물의 가죽을 벗기는 사람들

동물의 가죽으로 만든 제품은 실용적이고 아름답다. 그러나 동물에게서 가죽을 빼앗는 과정은 전혀 아름답지 않다. 내 옷장에도 가죽 재킷과 라쿤 털이 달린 점퍼가 걸려 있다. 유튜브에서 라쿤이나 너구리의 털가죽을 벗기는 동영상을 본 후로는 거의 입지 않는다. 겨울 의류에 달린 라쿤 털은 보온효과는 없고 단지 장식을 목적으로 달려 있을 뿐이다. 동물의 털은 살아 있을 때 벗겨야 감촉도 좋고 보기에도 좋아서 때리거나 전기충격을 줘서 잠시 기절시킨 상태에서 털가죽을 벗긴다. 도중에 깨어난 동물은 고통에 몸부림치며 가죽이 벗겨지는 자신의 몸을 바라본다. 라쿤의 털을 이렇게 잔인하게 벗긴다는 것을 의류 회사는 절대 알리고 싶지 않을 것이다.

무척 귀엽게 생긴 라쿤은 자물쇠를 열 수 있을 정도로 영리하고 손의 감각도 사람보다 10배 정도 예민해 손도 잘 쓴다고 한다. 최근 동물자유연대는 라쿤 털 제품 불매운동을 벌이면서 머리부터 발끝까지 산 채로 털가죽이 벗겨진 라쿤들이 빨간 맨몸뚱이로 무수히 쌓여 있는 사진을 공개했다. 일부는 숨을 헐떡거리고 눈을 깜박였고 머리를 들어 카메라를 응시하는 라쿤도 있었다고 한다. 열악한 사육환경 탓에 정신이상 증세에 시달리던 작고 귀여운 생명이 그렇게 우리의 옷이 되는 것이다.

세상에서 가장 끔찍한 폭력을 당하는 아이들

동물만 그런 일을 당하는 것은 아니다. 세상에서 가장 끔찍한 폭력을 당하는 존재는 가난한 나라에서 태어난 가난한 아이들이다. 얼마 전에 사회파 감독 사카모토 준지의 2008년 영화 〈어둠의 아이들〉을 보았다. 재일한국인 2세 출신의 소설가 양석일의 동명 소설을 원작으로 한 이 영화는 태국의 아동인권 유린 실태를 적나라하게 고발하고 있다. 가난한 부모는 푼돈을 받고 아동 성매매와 장기매매를 원하는 사람에게 어린 자녀를 팔아넘긴다. 아이들을 원하는 고객은 대부분 선진국에서 온 사람들이다. 성매매에 이용당하다 죽거나 에이즈에 걸린 아이들은 검은 쓰레기 봉지에 담겨 쓰레기처리장에 버려진다. 달이 높게 뜬 캄캄한 밤에 산처럼 쌓인 쓰레기더미 사이에서 검은 봉지를 찢고 기어 나오는 여자아이의 모습은 내가 살면서 경험한 어떤 이미지보다 아픈 것이었다. 자본주의 사회의 어둡고 추악한 실상이 그 장면에 전부 담겨 있었다. 영화를 보는 내내 가슴이 아프다 못해 갈가리 찢기는 느낌이 들었다. 영화가 보여주는 세상은 허구가 아니다. 지금도 어디선가 어둠 속에서 벌어지는 잔혹한 현실이다. 내 그림 속 소녀와 쓰레기더미에 버려진 소녀는 조금도 다르지 않다. 물질만능주의가 지배하는 세상에서 순수는 함부로 다뤄지고 가차 없이 폐기 처분된다. 소녀는 인간에게 죽임을 당한 동물처럼 세상에서 가장 순수하지만 가장 고통받는 존재를 상징한다.

더 나쁜 사람은 누구인가

최근에는 코뿔소의 뿔을 갈아 만든 분말이 최고급 파티나 동남아시아 클럽에서 마약으로 이용된다. 고작 환각제 따위로 이용하려고 선사시대부터 지구에 살아온 동물을 멸종시켰단 말인가. 나는 슬픔이 아니라 분노를 느꼈다. 마지막 서부검은코뿔소가 죽어갈 때 나는 어디서 무엇을 하고 있었나. 동물의 죽음이 보이지 않는 먼 곳에서 벌어지기 때문일까, 어차피 막을 수 없는 일이라며 포기한 걸까. 우리가 갖가지 형태의 폭력에 무감각해지고 만성이 되어 버린 것은 아닌가 자문해 본다. 어떤 사람들은 세상에 남은 마지막 코뿔소를 죽여서라도 보신을 위해, 찰나의 쾌락을 위해 뿔을 잘라낼 것이다. 그러나 하찮은 쾌락을 위해 아이나 동물을 착취하는 사람보다, 그것을 지켜보면서도 아무것도 하지 않는 사람이 더 나쁘지 않을까. 🦋

저주가 되어버린 숀부르크사슴의 아름다운 뿔

홍콩, 국제상업센터, 484미터

내가 좀더 예민했더라면,
내가 자연의 흐름으로부터 나 자신을 차단하지만 않았더라면
나는 숲 속에서 뭔가 안 좋은 일이 일어나고 있다는 걸 알아차렸으리라.[*]

태국의 고유종이었던 숀부르크사슴은 무척 크고 아름다운 뿔을 가지고 있었다. 19세기 후반, 쌀 수출을 위해 농경지를 대규모로 확장하면서 숀부르크사슴의 서식지였던 태국 중앙평야의 초원과 습지가 대부분 사라지고 말았다. 게다가 19세기 후반과 20세기 초반에는 사냥도 집중적으로 이루어져 숀부르크사슴은 심각한 멸종위기에 놓였다. 숀부르크사슴의 뿔이 의약품으로 활발히 거래되었기 때문에 사냥꾼의 중요한 표적이 되었다. 우기가 시작되고 홍수가 발생하면 숀부르크사슴은 지대가 높은 곳에 고립되었는데 사냥꾼은 이 시기를 놓치지 않고 배를 타고 다니며 창으로 손쉽게 사냥했다.

우아하고 아름다운 사슴

야생에서 살던 마지막 숀부르크사슴은 1932년, 포획되었던 마지막 사슴은 1938년에 각각 죽임을 당했다. 숀부르크사슴은 멸종했지만 뿔은 여전히 거래되고 있는 것으로 보인다. 1991년, 라오스에 있는 중의약품 상점에서 숀부르크사슴의 뿔이 발견된 적이 있었다. 일부 학자는 아직도 숀부르크사슴이 어딘가에 살아 있을 거라 여기지만 구체적인 생존 흔적은 발견되지 않았다. 현재, 단 하나의 표본이 파리에 있는 자연사박물관에 보존되어 있다.

숀부르크사슴은 인도와 네팔 부근에 서식하는 사슴인 바라싱가와 비슷한 외모를 가진 우아한 사슴이었다. 털은 짙은 갈색이었고 배와 꼬리 아래쪽은 하얀색이었다. 암컷에게는 뿔이 없었지만 수컷은 안쪽으로 모인 바구니 형태의 커다란 뿔을 가지고 있었는데 바깥쪽에서 가장 긴 뿔의 길이는 최대 89센티미터까지 자랐고 30여 개의 크고 작은 가지가 뻗어 나왔다. 숀부르크사슴의 무리는 한 마리의 수컷과 여러 마리의 암컷, 새끼들로 구성되었고 초목이 우거진 숲을 피해서 주로 긴 풀과 관목이 자라는 습지에 서식했다.

숲에서 들려온 이상한 울음소리

2012년, 강원도 원주에 있는 토지문화관 예술인 창작실에 3개월간 입주한 적이 있었다. 내가 머물렀던 창작실은 창문을 열면 바로 앞에 숲이 있었다. 창작실에서 지낸 지 며칠이 지나서 숲에서 들려오는 이상한 소리를 들었다. 기침을 하는 건지 악을 쓰는 건지 고통스럽게 내지르는 짧은 울음소리가 한밤중에 계속 들려왔다. 처음에는 함께 머무는 작가 중에서 누군가가 술에 취했거나 스트레스가 심해서 숲을 돌아다니며 소리를 지르는 것으로 생각했다. 그러나 가만 들어 보니 사람의 소리가 아닌 것도 같았다. 정체불명의 괴물이 내는 소리인지 여자인지 남자인지 혹은 아이인지 구분할 수 없을 만큼 기이하고 무서운 소리였다. 모두 그 소리를 듣고 있을 텐데도 창작실은 아무런 동요도 없이 조용했다. 그래서 주정뱅이거나 내가 모르는 어떤 동물의 소리려니 짐작하고 잠자리에 들었다. 그 한 맺힌 소리가 귀엽게 생긴 사슴과 동물, 고라니의 울음소리라는 것을 다음날 사람들에게 물어보고 나서야 알게 되었다. 어미가 새끼를 부르거나 동료에게 신호를 보내는 소리라고 했다. 그때서야 나는 사슴을 숲에서 풀을 뜯거나 조용히 걷는 모습으로만 기억하고 있을 뿐 사슴의 목소리를 전혀 상상해 본 적이 없었다는 것을 깨달았다. 우아한 외모를 자랑하는 사슴들의 목소리는 어떠한지, 그 목소리를 들을 수 있다면 인간을 보고 뭐라 말할 것인지 궁금해졌다. 만약 숀부르크사슴이 멸종되기 전 마주할 수 있었다면 그래서 목소리를 들을 수 있었다면 나는 무엇을 들었을까? 나는 숀부르크사슴이 인간을 만났을 때, 새끼나 동료에게 "도망쳐!"라고 외쳤을 것만 같아 미안해졌다.

자연에 미친 사람의 이야기

글을 준비하면서 아주 오래전에 읽었던 『자연에 미친 사람』이라는 책을 다시 꺼내 보았다. 원서의 제목은 『The Tracker』, 우리말로 추적자다. '짐승이나 인간의 발자국을 쫓는 사람'을 일컫는 추적자는 작은 흔적만으로도 동물의 실체를 모두 파악해내는 기술을 지닌 사람이다. 세계적으로 유명한 추적자이자 이 책의 저자인 톰 브라운은 20년 넘게 동물의 행방을 쫓고 실종자를 찾는 일을 해 왔다. 그는 7살 무렵에 친한 친구의 할아버지인 아파치 추적자 '뒤를 밟는 늑대'를 만나 9년간 기술을 전수받는다. 이미 자연에 매혹된 아이였던 톰 브라운은 매일 쉬지 않고 자연과 추적에 관해 배우고 익혔다. 그의 책을 읽으면서 추적자란 단순히 자취를 쫓는 기술자가 아니라 자연을 누구보다 깊이 이해하고 사랑하는 사람이라는 것을 알 수 있었다. 나는 책을 읽다가 감동을 받으면 그 책에 날짜를 적어 놓는다. 2001년 10월 29일, 나는 자연에 미친 사람인 톰 브라운의 아름답고 놀라운 이야기를 경탄과 동경의 마음으로 열심히 읽었다.

잔혹한 사슴 밀렵꾼들

어느 날, 톰 브라운은 숲에서 밀렵꾼들이 사슴을 잔혹하게 사냥하고 도살한 현장을 발견했다. 당시 도시에서 온 밀렵꾼은 사슴의 뒷다리와 어깨 부분만 도려냈는데 그 부위가 뉴욕에서 비싼 값에 팔렸기 때문이다. 밀렵꾼은 필요한 부분만 도려내고 죽은 사슴을 '찌그러진 맥주 깡통'처럼 내버리고 떠났다. 톰 브라운은 밀렵꾼의 뒤를 쫓으면서 여러 차례 학살 현장과 마주했고 그곳에서 가학적 쾌락의 분위기를 감지했다. 사슴들은 하나같이 톱으로 허리가 절단된 상태였고 살가죽은 아무렇게나 난도질되어 있었다. 임신한 사슴의 뱃속에서 새끼를 꺼내 나무에 던진 흔적도 있었다. 마침내 톰 브라운은 밀렵꾼들의 창고를 찾아냈다. 그는 난자당한 상태로 거꾸로 매달려 있던 사슴과 눈이 마주치자 광기에 가까운 분노에 사로잡혀 벽과 집기를 깨부수며 다시는 사슴을 건드리지 말라고 밀렵꾼들에게 경고했다. 이 일을 겪은 후 그는 새로운 목적과 사명감을 갖게 되었다고 한다.

나는 사슴의 뒷다리와 어깨가 뉴욕에서 비싸게 팔린 이유를 모르겠다. 아마도 일부 부유층의 패션 소품이나 장식품으로 이용되지 않았을까 추측할 뿐이다. 태국에 살던 숀부르크사슴이든 미국에 살던 버지니아흰꼬리사슴이든, 전 세계 어디서나 사슴은 뿔과 가죽을 빼앗으려는 사람들로부터 무자비하게 공격받았다. 크고 아름다운 뿔이 없었더라면 숀부르크사슴은 멸종되지 않았을지도 모른다. 아름다운 뿔이 오히려 저주가 되다니 너무나 슬픈 일이다.

동물에게도 목소리가 있다

이 세상 마지막 숀부르크사슴이 죽기 전에 보았던 무기를 든 사냥꾼은 바로 우리의 모습을 대표하는 것이 아니었을까. 언제부터 인간은 자연과 소통하지 못하는 파괴적인 존재가 된 것일까. 우리는 자연을 이해하는 능력을 점차 상실해가고 있으며 인간과 같은 방법으로 말하지 못하는 존재의 삶을 무참히 짓밟고 있다. 자연에 미친 사람, 톰 브라운의 이야기가 큰 감동을 주는 것은 자연과 진정으로 소통하는 법을 우리에게 알려주고 있기 때문이다. 우리에게는 기괴하게 느껴지는 소리일지라도 동물에게도 목소리가 있다. 아름다운 뿔을 가졌던 숀부르크사슴도 마찬가지다. 그들도 말할 수 있는 존재였다. 조금만 더 귀를 기울이면 우리도 톰 브라운처럼 자연의 목소리를 들을 수 있지 않을까. ✹

멸종 위기의 말레이호랑이
말레이시아, 페트로나스 트윈타워, 451.9미터

*우리가 정말로 중요한 결정을 내릴 때,
그것이 오늘 나에게 무엇을 해줄 것인가 만을 생각해서는 안 되며,
그것이 내 아이들, 내 아이들의 아이들 그리고 그 아이들의 아이들에게 미래에
어떤 영향을 미칠 것인가를 물어야 한다.*

동남아시아의 말레이시아에 살고 있는 말레이호랑이는 원래 인도차이나호랑이로 분류되었으나 2004년, 유전자 분석 결과 상이성이 밝혀지면서 독립된 아종으로 인정되었다. 이름은 서식지인 말레이시아를 따랐고 학명은 호랑이 보호 운동가로 유명한 피터 잭슨의 이름을 따서 판테라 티그리스 잭소니로 명명되었다. 독립된 아종으로 인정된 지 10년이 지난 2015년, 국제자연보전연맹은 말레이호랑이의 멸종 위기를 취약 단계에서 야생 절멸 직전인 위급 단계로 두 단계나 올렸다. 현재 야생 말레이호랑이는 500여 마리밖에 남지 않았다. 오랫동안 이어져 온 밀렵과 밀매가 근절되지 않는다면 말레이호랑이는 조만간 야생에서 완전히 사라질 것이다.

모피부터 뼈까지 남김없이 거래되다

호랑이는 말레이시아 국장과 경찰 및 여러 조직의 문장에 들어가 있고 국가대표 축구팀의 별칭이자 말레이시아인들의 용기와 힘을 상징하는 국가적 동물이다. 그러나 한편으로는 모피부터 고기, 뼈까지 남김없이 거래되는 거대한 불법 내수 시장이 형성되어 있기도 하다. 호랑이 가죽을 소유하는 것은 부의 상징으로 여겨지고 고기와 뼈는 약재로 인기가 높다. 말레이호랑이의 서식지가 농경지나 농장으로 전환되면서 가축에 해를 끼치는 일이 종종 발생하는데 이런 경우 관할관청이나 성난 주민들이 말레이호랑이를 죽여 밀거래 시장에 넘긴다. 가난하고 척박한 지역의 주민들은 호랑이 밀도살과 거래로 이득을 얻는다.

호랑이 우리에 들어갔던 기억

예전에 태국 치앙마이로 여행을 갔었다. 그곳의 동물원은 어떤지 궁금해서 친구와 찾아갔는데 놀랍게도 돈을 내면 20분 정도 호랑이 우리에 들어가서 직접 만져 볼 수 있다고 했다. 새끼 호랑이들과 시간을 보낼 것인지 큰 호랑이 한 마리와 시간을 보낼 것인지도 선택할 수 있었다. 나는 싫다는 친구를 설득해 함께 큰 호랑이가 기다리고 있는 우리에 들어가기로 했다. 2명의 사육사가 호랑이 우리 앞에서 주의해야 할 점을 설명해 주었다. 나는 호랑이를 가까이서 볼 수 있다는 기대감에 한껏 부풀어 무섭다는 생각은 전혀 하지 않았다. 호랑이가 휴식을 취하는 시간이고 사육사가 함께 있으니 겁먹지 않아도 된다는 말을 철석같이 믿었다.

나와 친구는 사육사들의 뒤를 따라 살금살금 걸어 들어가서 나무 위에 편하게 엎드려 있는 호랑이 앞에 멈춰 섰다. 어마어마하게 컸고 엄청나게 아름다웠다. 나의 눈높이에 호랑이의 눈이 있었다. 가지런히 모으고 있는 앞발은 사람 얼굴만 해 보였다. 그때까지도 무섭지 않았다. 잠시 후 호랑이가 꼬리를 빙글 돌리더니 내 얼굴을 살짝 쳤다. 사육사들은 아무렇지 않은 표정이었지만 그 순간부터 나는 완전히 공포에 질렸다. 호랑이가 앞발로 동물을 후려치면 앞발 크기만큼의 신체 부위가 떨어져 나간다는 이야기가 떠올랐다. 호랑이 우리 안에 있는 4명이 화가 난 호랑이에게 찢기고 물려 죽는 장면이 생생하게 그려졌다. 손이 덜덜 떨렸다. 사육사들은 이런 나를 보고 피식 웃고는 친구에게 호랑이를 만져 보겠느냐고 물었다. 들어가기 전에 겁을 내던 친구는 의외로 담담하게 아주 느린 동작으로 손을 내밀어 호랑이의 등을 살살 어루만졌다. 호랑이는 가만히 있었다. 아마도 매일 반복되는 일이라 귀찮고 짜증스럽거나 그저 하품이 하고 싶었을 것이다. 난생처음 호랑이를 실제로 만져 본 친구는 감격한 표정으로 나를 쳐다봤고 사육사들은 지루하다는 듯 무심히 주변을 둘러보았다. 모든 상황이 평온해 보였지만 나는 온몸을 부들부들 떨면서 달팽이처럼 느리게 조금씩 뒷걸음질 쳤다. 문제가 생길 수도 있겠다고 판단했는지 사육사 한 명이 다가와 나가고 싶은지 물었다. 나는 고개만 겨우 끄덕였다. 동물원은 없어져야 한다고 입버릇처럼 말했으면서 호기심에 못 이겨 동물원의 호랑이를 괴롭히는 행위를 저지른 데다 내가 얼마나 겁쟁이인지 알게 되어 부끄러웠다.

심각한 멸종위기에 처한 호랑이

호랑이는 번식기를 제외하면 평생 단독 생활을 한다. 암컷은 한배에 2~3마리의 새끼를 배고 4개월이 지나면 아주 작은 호랑이가 태어난다. 눈도 뜨지 못할 만큼 연약한 새끼는 전적으로 어미의 보살핌을 받지만 생후 1개월 만에 4배의 크기로 자라고 3~5년이 지나면 성숙한 호랑이가 된다. 호랑이의 크기나 털의 색깔은 지역이나 기후에 따라 조금씩 달라지는데 추운 지방에 사는 호랑이가 더 크고 색도 옅은 편이다. 줄무늬는 사람의 지문처럼 개체마다 다르며 먹이만 있다면 아무리 척박한 환경에서도 살아갈 수 있는 강인한 동물이다.

그토록 강인한 호랑이도 멸종위기에 처해 있다. 20세기 후반에 아홉 아종의 호랑이 중에서 발리호랑이, 자바호랑이, 캐스피언호랑이까지 세 아종이 멸종했다. 남은 여섯 아종은 수마트라호랑이, 인도(벵골)호랑이, 아무르(시베리아)호랑이, 중국호랑이, 인도차이나호랑이, 그리고 말레이호랑이다. 호랑이는 멸종위기에 처한 동식물의 국제 무역에 관한 조약에 의해 국내외 거래가 전면 금지되어 있지만 밀렵과 밀매가 끈질기게 성행하고 있다. 게다가 지난 100년간, 호랑이 서식지가 93퍼센트 이상 감소했고 야생 호랑이의 숫자도 점점 줄어들고 있다. 현재 전 세계에 남아 있는 호랑이 숫자는 약 5,000~7,000여 마리에 불과하다. 이런 추세라면 지구에서 가장 강하고 멋있는 동물 중의 하나인 호랑이도 언젠가 야생에서 완전히 사라지게 될 것이다.

말레이시아의 초고층 빌딩

그림에서 말레이호랑이와 소녀의 뒤로 말레이시아의 수도 쿠알라룸푸르의 상징인 페트로나스 트윈 타워가 보인다. 1998년에 준공된 지상 88층, 높이 451.9미터의 페트로나스 트윈타워는 2004년 타이베이 101이 완공되기 전까지 세계에서 가장 높은 빌딩이었다. 현재 세계에서 여덟 번째로 높은 초고층 빌딩이며 쌍둥이 빌딩으로는 세계에서 가장 높다. 2019년에는 페트로나스 트윈타워보다 높은 KL118 타워가 쿠알라룸푸르에 들어설 예정이다. 지상 118층, 높이 644미터의 초고층 빌딩으로 최근 삼성물산이 수주했으며 프로젝트의 총 공사비는 약 9,500억 원이다. 최근 말레이시아 경제가 높은 성장률을 지속하고 있어 초고층 빌딩이 줄줄이 들어설 준비를 하고 있다. 경제 성장과 개발은 환영할 일이지만 멸종위기의 말레이호랑이를 생각하면 마음이 착잡해진다. 말레이호랑이와 함께 걷는 소녀처럼 자연과 공존하는 경제 발전을 이룰 수 있다면 얼마나 좋을까.

이제는 멈춰야 한다

언제부턴가 경제 발전이 인류 최고의 가치와 목적이 된 듯하다. 경제 발전이 주는 이점을 부정하는 것은 아니다. 과거의 척박하고 고된 삶으로 돌아가자는 것도 아니고 그럴 수도 없다. 그러나 잠시 멈춰 숨을 고를 때가 되지 않았나 싶다. 사람이 정신없이 바쁘게만 살다 보면 자기도 모르게 소중한 것들을 잃게 된다. 어떤 것은 시간이 흐르면 자연스럽게 회복되지만 어떤 것은 영영 돌이킬 수 없게 된다. 인류도 잘살자는 목적 하나로 열심히 달려왔지만 언젠가부터 잘못된 방향으로 나아가기 시작했고 이제는 막다른 곳에 다다랐다. 우리는 모두 뭔가 잘못되었다는 것을 느끼고 있다. 지금이라도 방향을 바꾸지 않는다면, 걸음을 늦추지 않는다면, 다음 세대가 살아갈 세상은 메마르고 암담한 곳이 될 것이 분명하다. 우리는 다음 세대를 위해 그만 속도를 줄이고 멈춰서야 한다. 이제 정말 그럴 때가 됐다. 🐾

표본으로만 남은 순하디 순한 오가사와라흑비둘기
중국, 지평 타워, 450미터

나는 사람들이 즐거움을 상실하는 것에 대해서는 그다지 깊이 생각하지 않았지만,
스스로를 지켜낼 수 없는 작은 생명들이 은밀하고 냉혹하게 파괴되고 있다는 생각에
너무나 고통스러워 눈물이 났습니다.*

일본 오가사와라 제도의 고유종인 오가사와라흑비둘기는 단 3개의 표본만을 남기고 1889년 세상에서 사라졌다. 1827년, 영국 군함 블라섬 호에 탑승한 탐험가들에 의해 처음 발견되었고 인간에 대한 경계 심이나 두려움이 없어 잡으려 해도 가만히 있을 정도로 순했다. 개발을 위한 산림 벌채와 무분별한 사냥 때문에 개체 수가 급격히 줄었으며 탐험가들이 들여온 고양이와 큰 쥐가 섬에 번성해 오가사와라흑비 둘기의 생존을 위협했다. 마지막 오가사와라흑비둘기는 1889년 나코도 섬에서 목격되었다. 순하디순 한 오가와사라흑비둘기는 인간에게 발견된 지 불과 60여 년 만에 멸종하고 말았다. 표본은 런던, 상트 페테르부르크, 프랑크푸르트 세 곳의 자연사 박물관에 보존되어 있다.

오가사와라흑비둘기와 그림 속 소녀

오가와사라흑비둘기의 몸길이는 45센티미터 정도이고 전체적으로 검회색을 띠며 부분적으로 자주색, 청록색, 짙은 푸른색 등 다양한 색채를 띠고 있었다. 먹이는 나무 열매와 씨앗 등이었고 오가사와라흑비둘기가 낳은 알은 17~19일이 지나면 부화했다. 생태 연구가 제대로 이루어지기 전에 멸종한 탓에 알려진 바가 거의 없다. 항해가 시작된 신석기 시대 이래로 전 세계의 조류 20퍼센트가 멸종했다. 표본으로만 남은 새들은 수없이 많고 오가사와라흑비둘기 역시 이 세상 어디에서도 살아 있는 모습을 볼 수 없다. 이 새도 도도새처럼 사람을 경계하지 않았다. 사람을 두려워하고 멀리 달아났더라도 멸종은 피할 수 없었을 것이다. 그림 속의 소녀는 오가사와라흑비둘기를 그렇게 무자비하게 대하지 않는다. 높은 곳을 좋아하는 새는 상냥한 소녀의 머리 위에 올라 편히 쉬고 있다. 창문 밖으로 보이는 도시는 중국의 난징이고 가장 높이 솟은 빌딩은 지평 타워다. 2010년 완공된 450미터의 건물로 2015년 현재 중국에서 네 번째로 높고 세계에서는 열 번째로 높은 초고층 빌딩이다.

존 제임스 오듀본과 미국의 새들

존 제임스 오듀본은 새들에 대한 자료를 찾다 보면 항상 마주치는 이름이다. 그는 현존하는 최고의 조류학 서적인 『미국의 새들』을 제작한 조류학자이자 뛰어난 화가이다. 오듀본은 1827년과 1938년 사이에 미국 전역을 돌아다니며 야생의 새를 관찰하고 연구해 435종의 새를 그림으로 남겼다. 생태와 색채가 더없이 사실적이면서 아름답게 묘사되어 보고 있으면 절로 감탄이 나온다. 더욱 놀라운 것은 새들의 모습을 화면에 절묘하게 배치해 전부 실물 크기로 담았다는 사실이다. 수백 장 중에 어느 하나도 허투루 그린 그림이 없어서 '새에 미친' 사람이라는 생각이 들 정도다. 어릴 때부터 그림과 조류에 관심이 많았던 오듀본은 사업을 하면서도 좋아하는 새들을 취미로 계속 그렸다. 200장 이상의 그림을 쥐가 파먹어 몇 주간 우울증에 시달린 적도 있었다. 1819년, 오듀본은 사업에 실패하고 파산해 짧은 기간 감옥살이를 했다. 그때의 경험을 통해 지난 삶을 돌아보게 된 오듀본은 이후 본격적으로 조류 연구를 시작했다. 오늘날 그의 그림들은 인류의 가장 아름다운 유산 중 하나로 평가되고 있으며 오듀본이라는 이름은 전 세계 조류 보호의 상징이 되었다. 지금은 세상에서 사라진 새도 그의 그림 속에서 찾아볼 수 있다. 오듀본의 선구자적 시도와 헌신, 자연을 향한 관심과 사랑이 우리 시대에 커다란 울림을 안겨 준다.

하늘 높이 오르다 추락한 이카로스

그리스·로마 신화에 나오는 이카로스 이야기는 인간의 욕망과 한계를 놀랍도록 정확하게 묘사하고 있다. 아테나이 출신의 뛰어난 기술자인 다이달로스는 크레타의 왕, 미노스의 명령으로 황소 머리를 가진 괴물인 미노타우로스를 가둘 미궁을 만들었다. 그러나 다이달로스 역시 폭군 미노스의 감시 아래 크레타 섬에 갇히는 신세가 되었다. 탈출구는 하늘밖에 없다고 생각한 다이달로스는 새의 깃털을 모아 커다란 날개를 만들고 초로 날개를 고정했다. 날개를 단 다이달로스와 그의 아들 이카로스는 마침내 크레타 섬을 탈출하지만, 이카로스가 아버지의 충고를 잊고 너무 높이 날아 태양 가까이 접근하는 바람에 날개를 굳힌 초가 녹아 바다에 떨어져 죽고 말았다.

이카로스 이야기는 워낙 유명하고 매혹적이라 예로부터 수많은 화가에 의해 다양한 방식으로 묘사되었다. 나는 샤를 폴 랑동의 1799년 작作 〈다이달로스와 이카로스〉를 가장 좋아한다. 랑동은 이카로스가 바닥에서 발을 떼고 막 날아오르는 순간을 그렸다. 아버지인 다이달로스는 아들의 뒷모습을 불안스레 지켜보고 있다. 이카로스의 연약한 육체와 그림자가 짙게 드리워진 얼굴은 불행한 운명을 암시하는 듯하다. 이카로스는 앞이 보이지 않는 사람이 허공을 더듬듯 두 팔을 위태롭게 내젓고 있다. 그림의 배경은 밝은 대낮이지만 이카로스는 홀로 어둠에 갇혀 있는 것처럼 보인다. 랑동의 이카로스는 다른 화가들이 그린 추락하는 이카로스보다 더욱 슬프게 느껴진다.

우리도 너무 높이 날고 있다

인간의 지혜와 기술은 이카로스의 날개처럼 불완전하다. 이카로스는 높이 날아오른 기쁨에 취해 날개가 어깨에서 떨어져 나가는 것도 알아차리지 못했다. 인류는 지금 이카로스처럼 한계를 망각하고 너무 높이 오르고 있는 것 같다. 다이달로스는 이카로스가 어리석은 행동을 할까 봐 불안해 아들의 어깨에 날개를 달아 주며 말했다.

> "사랑하는 아들아! 항상 바다와 태양 그 중간으로 날아가야 한다.
> 너무 낮게 날면 날개가 바닷물에 젖게 되고 날개가 젖어 무거워지면 바다에 떨어질 테니까 말이다.
> 또 하늘로 너무 높이 올라가 태양에 지나치게 가까워지면 날개가 불타버릴 수도 있단다.
> 그런 일이 없도록 바다와 태양 그 중간으로 날아야 한다. 언제나 내 뒤를 잘 따라와야 해. 알겠지?"*

자신의 날개가 불완전하다는 사실을 잊지 않았더라면 이카로스는 아버지와 함께 무사히 섬을 탈출해 새로운 신화를 만들어갈 수 있었을 것이다. 다이달로스의 충고를 우리도 깊이 새겨들어야 한다. 그것은 어쩌면 인류를 향한 자연의 경고인지도 모른다.

대자연 앞에서 겸손을 되찾기

초고층 빌딩을 아래에서 올려다보면 꼭대기가 보이지 않을 정도로 높고 거대해서 인간의 능력에 감탄하게 된다. 그러나 간혹 비행기를 타고 하늘에서 내려다보면 우리가 살고 있는 세상이 얼마나 작고 낮은지 대자연 앞에 겸손해지지 않을 수 없다. 인간이 갖은 공을 들여 높이 올린 초고층빌딩도 새는 날갯짓 몇 번이면 사뿐히 올라가 앉을 수 있다. 새가 높은 곳을 좋아하는 이유는 날개를 가졌기 때문이다. 인간이 하늘 높이 오르려는 이유는 무엇일까. 우리가 날기 위해 새들의 날개를 꺾고 사라지게 해서는 안 된다. 인간의 뛰어난 도전정신과 탐구정신이 지금은 균형을 잃고 잘못된 방향으로 파멸을 향해서 나아가고 있다. 하늘 높이 오르려는 욕망에만 몰두하지 말고 존 제임스 오듀본처럼 우리 곁에 살고 있는 동물들의 삶을 더욱 깊이 들여다보는 것은 어떨까. ✤

절반의 줄무늬를 가진 얼룩말, 콰가의 멸종
미국, 윌리스 타워, 442.1미터

인디언들에게는 백인들이 자연 안에 있는 모든 것 – 숲과 새, 짐승, 풀이 우거진 늪과 물, 흙,
그리고 대기 – 까지도 미워하는 듯이 보였다.®

남아프리카의 건조하고 온난한 초원지대에 서식했던 콰가얼룩말은 평야얼룩말의 아종으로 몸의 앞부
분에만 줄무늬가 있었다. 19세기, '사냥꾼의 천국'으로 유명했던 남아프리카에서는 스포츠 사냥과 가죽
무역이 성행해 콰가를 비롯해 많은 동물이 남획되었다. 남아프리카에 정착한 네덜란드인은 빈약하고
메마른 목초지에 양과 소를 방목하면서 기르는 가축과 먹이 경쟁을 벌이는 콰가를 심각한 위협으로 간
주했다. 콰가가 살고 있던 평야는 순식간에 인간의 차지가 되었고 콰가의 개체 수는 급격히 줄었다. 야
생의 마지막 개체군은 남아프리카공화국의 프리스테이트에 살고 있었으나 1878년경에 자취를 감췄다.
암스테르담 아르티스 마기스트라 동물원에서 사육되고 있던 마지막 한 마리가 1883년 8월 12일에 죽
음으로써 특이한 줄무늬를 가진 콰가얼룩말이 세상에서 영원히 사라지고 말았다.

콰가 복원 프로젝트

콰가는 머리와 어깨 부위에만 짙은 줄무늬가 있었고 다리는 줄무늬 없이 밝은색이었다. 줄무늬는 다른 얼룩말처럼 개체마다 각기 달랐다. 어깨높이는 134센티미터, 무게는 226~317킬로그램 정도였다. 우두머리 수컷과 여러 마리의 암컷, 새끼들로 구성된 무리는 강한 결속력을 가지고 있었고 새끼들은 성숙기에 도달하면 수컷과 암컷 모두 무리를 떠났다. 낮 동안에는 풀이 길게 자란 곳으로 이동해 풀을 뜯어 먹다가 밤이 되면 포식자의 위협을 피하고자 짧은 풀밭 영역으로 돌아왔다. 콰가 복원 프로젝트는 남아프리카공화국에서 1987년부터 본격적으로 시작되었다. 이전에 콰가는 별개의 종으로 여겨졌으나 여러 박물관에 보관된 샘플을 조사한 결과 평야얼룩말의 아종으로 밝혀졌다. 그 후 라인홀드 라우 연구팀이 평야얼룩말을 선택교배하여 콰가 특유의 줄무늬를 복원하려는 시도를 계속해 왔다. 2008년, 콰가와 비슷한 줄무늬를 가진 3세대 후손이 25마리 이상 태어나는 성과를 얻었다. 다행히 콰가 복원 프로젝트가 성공적으로 진행되고 있다.

줄무늬의 비밀

우리는 얼룩말이나 호랑이의 줄무늬가 주변 환경에 녹아들기 위한 은폐 수단이라 배웠다. 2014년에 새로운 연구 결과가 발표되었는데 얼룩말의 줄무늬가 은폐의 목적이 아니라 흡혈성 파리의 시각을 교란시키기 위한 목적으로 진화한 것이라는 주장이었다. 그러나 가장 최근의 연구 결과는 또 다른 가설을 제기한다. 평야얼룩말을 대상으로 서식지 16곳의 환경요인과 줄무늬 특징 사이의 상관관계를 조사한 결과 줄무늬의 특징이 천적인 사자의 출현 빈도나 흡혈성 파리의 수와는 관계가 없었고 온도와 밀접한 관계가 있었다. 온도가 높은 지역에 서식하는 얼룩말일수록 줄무늬가 크고 선명했다. 콰가의 서식지였던 남아프리카는 기온이 그리 높지 않은 곳이었다. 줄무늬가 체온을 조절하기 위한 것이라는 가설을 적용한다면 콰가의 줄무늬가 몸의 일부분에만 있었던 이유가 설명된다. 그러나 아직 확실하게 검증되지 않은 가설이라 앞으로 더 많은 연구가 필요하다.

콰가만 사라진 것이 아니었다

19세기에는 새로운 정착지를 찾아 나선 유럽인에 의해 여러 지역에서 무자비한 동물 남획이 이루어졌다. 멸종된 동물의 수난사는 판박이처럼 똑같다. 사람들은 탐욕스럽게 땅을 차지했고 거기에 살고 있던 동물이 완전히 사라질 때까지 사냥했다. 원주민의 운명은 더욱 참혹했다. 침략자는 원주민이 조상 대대로 살아온 땅과 소유물 모두를 빼앗은 것도 모자라 노예로 팔거나 학살했다. 멸종된 과정에 대한 자료를 읽어 보면 마치 유럽인은 무인도나 새로운 땅에 자신들의 힘으로 정착한 것처럼 보인다. 그러나 정착 초기에는 전적으로 원주민의 도움을 받다가 엄청난 수의 이주민이 떼 지어 몰려들면서 태도를 바꾸게 된다. 침략자는 오랜 세월 동물과 공존하며 평화롭게 살아온 원주민을 오히려 미개인처럼 취급했고 자기네 삶의 방식을 따르도록 강요했다.

나를 운디드니에 묻어 주오

콰가가 멸종한 시기와 동일한 1860년에서 1890년 사이는 미국의 서부 개척시대 중에서 황금기에 해당하는 시기이자 인디언의 문화와 문명이 파괴된 잔혹한 폭력의 시기였다. 미국 인디언의 멸망사를 다룬 『나를 운디드니에 묻어주오』에는 당시의 참상이 상세히 기록되어 있다. 백인들은 인디언들이 어마어마한 금광과 자원을 그대로 두고 바람을 맞으며 천막에서 사는 것을 이해할 수 없었다. 인디언들은 먹지도 않으면서 들소를 죽이고 쓸데없이 자연을 훼손하는 백인들을 보고 큰 충격을 받았다. 왜 서로를 죽이지 않고 함께 살 수 없는지 이해할 수 없었다. 백인들은 땅을 빼앗으려고 온갖 저열한 술수를 쓰다가 저항하거나 회유가 통하지 않는 인디언들을 결국에는 거의 몰살했다. 추장이나 전사들은 죽은 후에도 가혹하게 다뤄졌다. 교수형을 당한 모도크족의 추장, 킨트푸애시의 시체는 입장료 10센트를 받고 여러 도시를 떠도는 구경거리가 되었다. 인디언들은 극소수만 겨우 살아남아 침략자들이 지정한 '보호구역'으로 추방되었다. 그곳은 늪지대나 풀이 자라지 않는 불모지였다. 지금도 미국에서 가장 궁핍한 지역은 인디언 거주 지역이다. 인디언 문명과 부족이 멸망에 이르는 과정을 지켜보는 것은 너무나 고통스러운 일이었다. 한 사람의 죽음도 슬픈 일인데 공동체 전체의 죽음이라니. 그때부터 멸망이라는 단어가 다른 무게로 다가왔다. 내가 동물의 멸종사에 관심을 가지게 된 것도 이 책과 무관하지 않다.

진정한 자연주의자들

인디언들은 진정한 자연주의자였다. 그들이 얼마나 자연과 동물을 사랑하는지 이름만 봐도 알 수 있다. 작은늑대, 말을두려워하는젊은이, 큰독수리, 붉은구름, 점박이꼬리, 외로운늑대, 열마리곰, 앉은소, 까마귀왕. 모두 추장과 전사의 이름들이고 대부분 최후까지 저항하다 죽음을 맞았다. 책에는 그들의 흑백사진도 실려 있다. 골격이 크고 바위처럼 단단하게 생긴 그들의 얼굴에서 고고함과 자부심을 느낄 수 있다. 한 곳에 정착하지 않고 자유롭게 돌아다니며 살았던 인디언들은 백인들이 왜 자신들을 보호구역에 몰아넣고 답답한 건물에서 살라 하는지 이해할 수 없었다. 코만치족의 추장 열마리곰은 이렇게 말했다.

> "나는 그런 것들을 원치 않는다. 나는 바람이 거칠 것 없이 불어오고 햇빛을 가리는 것이라곤
> 아무것도 없는 평원에서 태어났다. 그곳은 울타리도 없고 모든 것이 자유로운 숨을 쉬는 곳이다.
> 벽 안에 갇혀서 죽기보다는 거기서 죽고 싶다."*

콰가를 꼭 끌어안고 어루만지는 소녀의 그림에 자연을 아끼고 사랑했던 인디언들의 마음을 담았다. 뒤편에 보이는 건물은 1974년에 시카고에 들어선 지상 108층, 높이 442.1미터의 윌리스 타워로 1998년, 말레이시아에 페트로나스 트윈타워가 준공되기 전까지 세계에서 가장 높은 초고층 빌딩이었다. 인디언을 멸망시키고 차지한 땅에 쌓아 올린 초고층 빌딩들. 왜 백인들은 인디언들에게서 평화로운 삶의 방식을 배우지 못했을까. 왜 그토록 자연을 사랑하는 아름다운 문명을 멸망시켰을까.

사랑과 공존의 역사가 시작되기를

멸종된 동물에 관해 이야기하면서 인류가 저지른 폭력과 야만을 언급하지 않을 수 없었다. 사라진 동물의 목록보다 중요한 것은 '왜 사라졌는가'를 제대로 아는 것이다. 과거 인류가 어떤 과오를 저질렀는지 반성하지 않고서는 현재를 바로잡을 수 없고 미래를 기대할 수도 없다. 그러나 안타깝게도 우리는 아직 충분히 반성하지 않은 것 같다. 콰가가 멸종한 19세기보다 우리의 21세기가 더욱 심각한 위기에 처해 있다. 문제가 너무 뿌리 깊고 복잡해서 해답이 없는 것처럼 보일 때가 있다. 그러나 "우리에게는 아직 시간이 있다. 시간이 희망이라면, 아직 희망은 있는 것이다."* 폭력과 야만의 역사가 아니라 사랑과 공존의 역사로 나아갈 시간이 아직 우리에게 남아 있다. 🌾

기후변화로 멸종된 황금두꺼비
중국, KK100, 441.8미터

대체로 사전에 피할 수 있는 것들이다. 적어도 아직은 말이다.
지금 시점에서 우울해하는 것은 거실에 앉아 부엌이 불타는 것을 무기력하게 지켜보면서
불이 번질수록 점점 더 불행해하는 것과 같다.
그보다는 소화기를 들고 불을 끄는 게 상책이지 않을까.*

중앙아메리카에 있는 코스타리카의 고유종인 황금두꺼비는 지구온난화의 영향으로 멸종된 첫 번째 동물로 알려져 있다. 1987년, 양서류 전문가 마티 크럼프는 코스타리카에 있는 몬테베르데 운무림 보존지구에서 황금두꺼비들의 짝짓기를 관찰했다. 수백 마리의 황금두꺼비가 낳은 4만 3,500개의 알이 웅덩이가 마르면서 썩어 버렸고 겨우 29개만 올챙이로 부화했다. 대기가 뜨거워지면서 숲의 습기를 유지해 주던 안개구름의 위치가 이동한 탓에 서식지가 메마른 것으로 추정된다. 두꺼비와 같은 양서류는 피부로 호흡하고 물도 피부로 흡수하기 때문에 환경오염이나 외부 요인의 영향에 민감하다. 외부의 열원으로 체온조절을 하는 외온성 동물이기도 하며 모든 생리적인 기능이 환경 의존적이라 기후변화에 취약할 수밖에 없다. 1988에 황금두꺼비 수컷 8마리와 암컷 2마리가 발견되었지만 이듬해에는 수컷 하나만 남았고 1989년 5월 15일 이후로는 단 한 마리도 목격되지 않았다. 결국, 2004년 황금두꺼비는 국제자연보호연맹의 멸종동물 목록에 추가되었다.

잘 알기도 전에 사라진 황금두꺼비

황금두꺼비는 뚜렷한 성적 이형성을 가진 동물이었다. 수컷은 진한 오렌지색이고 암컷은 흑갈색 몸에 노란 테두리가 있는 붉은 반점들을 가지고 있었다. 코에서 항문까지의 몸길이는 수컷이 39~48밀리미터, 암컷이 42~56밀리미터로 암컷이 수컷보다 컸다. 번식기는 우기인 4월에서 6월 사이였고 짧은 기간에 특정한 물웅덩이에 모두 모이는데 8대 1의 비율로 수컷이 암컷을 두고 치열하게 경쟁했다. 겨우 짝을 얻은 수컷이 암컷의 등에 단단히 매달려 짝짓기를 하는 동안에도 다른 수컷의 공격은 계속되었다. 암컷은 물웅덩이에 200~400개의 알을 낳았고 부화한 올챙이는 5주 정도 지나면 변태하여 뭍으로 올라왔다. 황금두꺼비에 대해 알려진 것은 그다지 많지 않다. 제대로 연구하기도 전에 사라졌기 때문이다.

점점 뜨거워지는 지구와 사라지는 양서류

우리는 날씨가 너무 춥거나 더우면 여러 가지 방법으로 괴로움을 피할 수 있다. 그러나 동물은 인간이 초래한 급격한 기후변화에 적응하기 쉽지 않다. 요즘 왜 이렇게 덥냐며 짜증을 낼 때 어디선가 개구리나 두꺼비는 떼죽음을 당하고 있을지도 모른다. 어릴 때 만져보았던 개구리의 연약한 피부가 떠올라 마음이 아프다. 20세기에 접어들며 지구 온난화로 기온이 약 0.7퍼센트 상승했다. 지난 100만 년간 가장 뜨거웠던 지구 기온과 비교해 겨우 섭씨 1도 정도밖에 차이 나지 않으며 1300년간 이렇게 따뜻했던 적이 없었다. 가장 뚜렷한 변화는 빙하가 녹으면서 점점 작아지는 북극에서 볼 수 있다. 이끼밖에 없던 툰드라 지대에 관목이 자라고 알래스카에서는 3000년 동안 얼어 있던 얼음이 녹고 있다.

여러 기후 모델이 심각성을 경고하고 있다. 미국 국립대기연구센터의 마리카 홀랜드 연구팀은 2040년 여름쯤에 빙하가 전부 사라질 것이라는 분석을 내놓았고 미국 항공우주국의 짐 핸슨 연구팀은 온실가스 배출량을 줄여야만 기후 재앙에서 벗어날 수 있다고 주장한다. 기후 재앙이 임박했다는 뉴스를 들어도 아직 직접적인 피해가 없으니 나 역시 무감각하다. 우리가 낸 세금으로 국가에서 환경문제를 잘 해결하고 있으리라 믿고 당장 먹고 살 일이 더 바쁘다는 생각도 든다. 그러나 우리가 에어컨을 켜고 더위를 피하는 동안 아주 작은 두꺼비부터 커다란 북극곰까지 고통 속에서 사라지고 있다.

KK100과 은혜 갚은 두꺼비

소녀와 황금개구리 뒤편으로 보이는 건물은 2011년 완공된 KK100으로 중국 선전에 있다. 현재 세계에서 열두 번째로 높은 건물이며 지상 100층, 높이는 441.8미터다. 고도성장 중인 중국은 전 세계에서 건설 중인 초고층 빌딩의 60퍼센트 이상을 보유하고 있다. 현재 건설 중인 초고층 빌딩이 모두 완공되면 KK100은 30위권 밖으로 밀려난다. 중국은 주요 도시의 80퍼센트가 고도성장에 따른 부작용으로 심각한 대기오염 문제를 안고 있다. 스모그로 인해 마스크를 쓰지 않으면 외출이 불가능하고 가시거리가 불과 200미터 미만일 때도 있다. 경제성장이 가져온 물질의 풍요 속에서 환경문제는 회복될 기미가 보이지 않는다. 사람도 고통을 호소하는 수준이라면 연약한 양서류는 일찌감치 자취를 감췄을 것이다. 그림 속 하늘은 아주 파랗다. 앞으로 중국의 하늘, 세상의 하늘이 다시 맑아지고 동물들이 우리에게 돌아오기를 바라는 마음을 담았다.

어릴 때 두꺼비집 짓기를 하면서 놀았던 기억이 난다. 땅에 한 손을 대고 그 위에 흙을 덮어 단단해지도록 두드리면서 "두껍아 두껍아 헌 집 줄게 새집 다오."라는 노래를 불렀다. 전래동화 속에서도 두꺼비는 항상 인간을 돕는다. 은혜 갚은 두꺼비 이야기에서 1년 동안 두꺼비 밥을 챙겨 준 처녀가 지네의 제물이 되자 두꺼비는 처녀를 구하기 위해 지네와 목숨을 바쳐 싸운다. 콩쥐팥쥐 이야기에서는 계모가 콩쥐를 괴롭히기 위해 밑 빠진 독에 물을 채우라고 명령하자 두꺼비는 자신의 몸으로 구멍을 막으며 콩쥐를 돕는다. 두꺼비집도 짓고 이야기도 많이 들어서 두꺼비는 친숙한 동물이지만 실제로 본 적은 거의 없다. 어쩌면 아주 오래전부터 두꺼비는 괴로워하며 죽어 갔을지 모른다.

황금두꺼비가 풀숲에 있는 사진을 보면 정말 황금처럼 빛나는 것 같다. 이토록 작고 반짝이는 동물이 사라졌다니. 그림 속에서 소녀는 우리를 대신해 황금두꺼비를 소중히 들고 사랑스럽게 바라본다. 언제나 인간을 돕는 전래동화 속 두꺼비는 아낌없이 자신을 내주는 자연을 상징하는 것은 아닐까? 오랜 세월 자연으로부터 은혜만 입었으니 이제는 우리가 자연을 도울 차례다. 두꺼비를 대신해 밑 빠진 독을 막고 생명을 구하고 새집을 돌려줘야 할 때다.

우울한 이야기가 아닌 우리의 이야기다

우리가 지구의 자원을 싹쓸이해 그다지 쓸모도 없는 것을 광적으로 만들어 사고파는 동안, 유치한 경쟁이라도 하듯 너도나도 세계에서 가장 높은 건물을 짓는 동안, 자연은 신음하고 동물은 죽어가고 아이들은 영문도 모른채 스모그 가득한 거리로 내몰린다. 어른들의 잘못으로 자연이 망가지고 있는데 아이들에게 자연을 사랑하라고 가르칠 수는 없는 노릇이다. 어떤 아동용 서적은 멸종위기에 놓인 희귀종 개구리를 보호하는 연구소를 인간에게 극진한 시중을 받는 개구리 호텔로 묘사했다. 야생동물이 처한 극한 상황이 아이들의 흥미를 끄는 재미있는 상황으로 꾸며진 것이다. 어린이용 감기약에 달콤한 향과 맛을 첨가하듯이 말이다. 순진한 아이들에게 위선적인 어른의 세계를 언제부터 어디까지 또 얼마만큼 알려주어야 할까.

어른들도 실상을 외면하고 싶어 한다. 기후변화 문제를 다룬 『6도의 멸종』의 저자 마크 라이너스는 출판 행사가 끝난 후 화장실에서 사람들이 나누는 대화를 듣고 고민에 빠졌다. 한 청중이 지인에게 우울한 이야기를 하는 자리에 데려와서 미안하다며 사과하고 있었기 때문이다. 어쩌면 이 책을 읽는 독자도 내 이야기가 너무 우울하다고 생각할지 모른다. 나도 떼죽음을 당한 양서류 사진보다는 개구리 호텔 이야기가 좋다. 그러나 속담에도 몸에 좋은 약은 쓰다고 했다. 몸이 아프면 병원에 가서 진단을 받고 치료도 받는다. 회복할 수 있는 병이라면 슬퍼할 이유가 없다. 다시 건강해지기 위해 노력하면 된다. 지금 지구와 동식물들이 몹시 아프다. 모른 척할 수 없거니와 책임이 우리에게 있다는 것을 부인해서도 안 된다. 과오를 되돌릴 시간이 아직은 남아 있다. 우울하게 시작한 이야기라도 즐거운 결말로 이끌어갈 능력을 우리는 충분히 가지고 있다. ✭

한국의 마지막 표범

중국, 광저우 인터내셔널 파이낸스 센터, 438.6미터

사망 시의 체중은 87킬로그램으로 과체중이었고
유감스럽게도 모피가 상해 박제는 불가능했기에 골격 표본을 만들 수밖에 없었다.
몸길이 98센티미터, 높이 69센티미터, 가슴둘레 95센티미터이고,
꼬리 길이는 담당자가 기록하지 않아 불명이었다.*

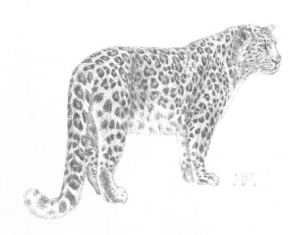

한국표범은 아무르표범, 만주표범, 극동표범으로도 불린다. 주로 고산지대의 산림에서 발견되며 한반도
와 중국 동북부, 러시아 연해주 남부에 널리 분포하고 있었다. 현재 러시아의 프리모르스키 지방의 소규
모 지역에 마지막 야생 개체군이 약 57마리 정도 남아 있다. 인접한 중국 지역에 7~12마리의 개체가 흩
어져 살고 있고 북한에도 극소수만이 남아 있다. 북한 과학원이 유네스코의 지원을 받아 2002년 발간
한 공식자료 "우리나라 위기 및 희귀동물"에 따르면, 함경도, 평안도, 강원도 고산지대 일부에 극히 드물
게 생존해 있다. 남한에서는 완전히 사라진 것으로 여겨진다.

표범의 땅을 위하여

최상위 포식자인 표범은 먹이만 충분하다면 어떤 환경에서도 적응해 살 수 있다. 그러나 2000년 국제자연보존연맹은 아무르표범을 야생에서 멸종할 가능성이 대단히 큰 위급 단계로 분류했다. 무엇보다 서식지 상실과 먹이 감소가 아무르표범의 가장 큰 위협이다. 먹이가 부족해 인근의 농장을 습격해서 농장주에게 사살되는 일도 있다. 모피 상품과 약재용으로 밀렵되기도 한다. 또 하나의 중요한 위협은 근친교배로 인해 생활력과 생식능력이 떨어지는 근교약세다. 극소수의 개체군으로는 정상적인 번식이 이루어질 수 없다. 현재 많은 연구자의 노력으로 아무르표범의 사촌격인 아무르호랑이의 개체 수가 의미 있는 증가세를 보이고 있다. 아무르표범 역시 체계적이고 지속적인 관리가 뒤따른다면 복원이 가능할 것으로 전망된다. 2012년 러시아 정부는 아무르표범만을 위한 '표범의 땅 국립공원' 설립을 공식 발표했고 (사)한국범보전기금에서는 비무장지대에 아무르표범을 재도입하고자 계획을 수립하고 연구 중이다.

아무르표범의 삶

아무르표범의 수명은 야생에서는 10~15년이고 사육 상태에서는 20년까지도 산다. 성숙한 수컷의 몸무게는 32~48킬로그램이고 특별히 큰 개체는 75킬로그램 이상이 나가기도 한다. 몸길이는 대략 156~190센티미터, 꼬리 길이는 60~83센티미터 정도다. 머리는 크고 둥근 편이며 여름에는 털이 2.5센티미터로 짧아지지만 겨울에는 7센티미터로 길어지는 뛰어난 환경 적응력을 보인다. 털 색깔도 여름에는 적황색이지만 겨울에는 밝게 변한다. 높이 쌓인 눈 위를 수월하게 걸을 수 있게 적응되어서인지 다리도 긴 편이다. 대부분 홀로 생활하지만 교미 후에 수컷이 암컷과 함께 지내며 새끼를 돌보는 경우도 있다. 새끼는 3개월 무렵 젖을 떼고 1년 반에서 2년이면 성숙해져서 어미 곁을 떠난다.

엔도 키미오의 마지막 한국표범 이야기

마지막 한국표범에 대해 조사하고 책으로 낸 사람은 한국인이 아니라 일본인 동물문학 작가 엔도 키미오다. 표범 생포 당시의 상황을 알고 싶어서 1975년, 창경궁에 방문한 그는 한국에 표범을 연구하는 사람이 없다는 사실을 알게 되었다. 당시에는 국내 정세가 극히 혼란해 그런 문제는 뒷전으로 밀려나 있었다. 1985년, 엔도 키미오는 다시 한국에 왔고 지인의 도움을 받아 표범을 잡았다는 한국의 산골 마을을 찾아다녔다. 그가 수집하지 않았다면 귀중한 자료는 모두 사라지고 말았을 것이다. 엔도 키미오의 저서『한국의 마지막 표범』에는 표범을 잡은 사람들의 증언과 사진 자료가 실려 있다.

한국표범이 잡힌 것은 1962년, 경상남도 합천군 오도산에서 생포된 한 마리와 1963년 경상남도 거창군 가야산 인근 마을에서 포획된 한 마리가 마지막이었다. 두 마리 다 1~2살 정도의 어린 표범이었고 소백산맥에서 발견되었기 때문에 혈연관계일 수도 있다는 가능성이 제기되었다. 가야산 표범은 진돗개 한 마리를 잡아먹은 후 그 주인과 개에게 쫓기다 잡혀 바로 죽임을 당했다. 노루 덫에 걸린 오도산 표범은 당시 64세였던 사냥꾼 황홍갑 씨가 생포했다. 죽이면 간단한 일이었지만 그는 표범을 전 국민에게 보여 주고 싶었고 주민들의 도움으로 생포했다. 그 와중에 황홍갑 씨의 동생은 표범의 발톱에 상처를 입었다. 어린 표범이 아니었다면 그런 식으로 생포하지 못했을 것이라고 한다. 황홍갑 씨는 소정의 사례금을 받고 표범을 드럼통에 넣어 창경궁에 기증했다. 표범을 죽이거나 때리지 않고 온전히 생포한 이야기를 읽으며 감동을 받았다. 황홍갑 씨의 용기와 현명한 선택 덕분에 우리가 한국의 마지막 표범에 대해 알게 된 것이다. 창경궁에 살던 오도산 표범은 1973년 8월 11일, 순환기 장애로 쓰러졌다. 구더기가 끓었지만 위험해서 아무도 도와줄 수가 없었다. 8월 19일 4시 30분, 마지막 한국표범은 죽음을 맞았다. 창경궁에 있는 동안 한국표범은 암컷 인도표범과 교미해 새끼 두 마리를 낳았다. 모두 암컷이었지만 수컷 인도표범과 교미하려 들지 않아서 번식에는 실패했다.

또 다른 증언과 기록들

오도산 표범이 포획된 지 2~3년 후에 전라북도 익산에서 한 교회의 목사가 암컷 표범을 팔겠다고 창경궁에 연락해 왔으나 가격을 너무 비싸게 부른 데다 호랑이 덫에 걸려 앞다리가 떨어져 나간 표범이라 사들이지 않았다고 한다. 조홍섭 《한겨레》 환경전문기자의 글에서 오도산 표범 이후 포획된 표범에 대한 공식적인 기록 몇 가지를 찾아볼 수 있었다. 1963년 11월 13일 자 《동아일보》에는 경상남도 합천군에서 잡힌 몸길이 2미터, 무게 56킬로그램의 어미로 보이는 암컷 표범에 대한 기사가 있었다. 오도산 중턱에서 잡힌 이 표범은 창경궁으로 간 표범의 어미였을지도 모른다. 이 암컷 표범은 철사로 된 올가미에 잡혀서 10여 시간가량 몸부림치다가 죽었다. 1970년 3월 6일 자 《경향신문》에는 경남 함안에서 나이는 18살, 몸길이 160센티미터, 무게 51.5킬로그램의 수컷 표범이 포수의 총에 맞아 쓰러졌고 가격이 70만 원이라는 기사가 실려 있다.

세상의 어느 산에서든지 자유롭게 살아가기를

창경궁에 살던 마지막 한국표범의 사진을 3장 보았다. 하나는 실내에서 창살 앞에 앉아 있는 사진이었고 하나는 햇볕을 쬐는지 창살 밖에 앉아 있는 사진이었다. 창경궁에서만 지낸 지 오래라 살이 찐 모습이다. 나머지 사진은 창경궁으로 옮겨진 후 얼마 지나지 않아 찍힌 것으로 날씬한 편이고 몸을 비스듬하게 하고 반쯤 누워 있었다. 오도카니 앉아 있는 살찐 한국표범의 모습이 내내 마음에 남는다. 죽지 않고 살아 준 것이 우리에게는 좋은 일이었지만 표범에게는 어땠을까. 굶주림으로 인가 근처까지 내려왔다가 덫에 걸린 어린 표범. 산에서 보낸 시간은 1~2년 남짓이고 사육장에서 보낸 시간은 11년 5개월이다. 배불리 먹고 편히 지낼 수 있어서 좋았을까? 아니면 매일 밤 산으로 돌아가는 꿈을 꾸었을까? 창경궁이 아니라 산으로 돌려보냈다면 어땠을까? 동물에게는 국경이 없다. 세상의 어느 산에서든 표범이 자유롭게 오가며 살 수 있는 날이 오기를 바란다.

사라진 소중한 것들을 위하여

우리 민족은 자연을 경외하고 사랑하는 민족이었다. 그러나 국내외적으로 오랜 환난을 겪으며 소중한 것들이 무자비하게 파괴되고 사라지는 것을 무력하게 지켜봐야 했다. 우리가 잃은 것은 너무나 많다. 나의 어머니도 겨우 4살 때, 전쟁 통에 부친을 잃었고 가족은 뿔뿔이 흩어졌다. 죽지 않고 살아남은 것만도 다행인 시절이라 사진이나 기록 따위도 남아 있지 않다. 어머니는 아버지 얼굴이 기억나지 않는다고 한다. 아는 것은 아버지의 이름과 당신의 어릴 적 별명이 대한민국 집 딸이라는 것뿐이다. 모두가 고통스런 시대였기 때문에 내 어머니의 사연은 특별한 것이 아니다. 마지막 한국표범 이야기를 읽으며 언젠가 할아버지의 자취를 찾아보고 싶다는 생각이 들었다. 앞으로 사라진 동물뿐 아니라 우리가 잃어버린 소중한 가치들을 하나하나 바로잡아 세우면 좋겠다. 우리 모두가 힘을 합쳐서. ✼

파수꾼을 잃은 산악고릴라
미국, 트럼프 인터내셔널 호텔 앤드 타워, 423.2미터

치명적인 다섯 개의 상처를 입었던 그날,
디지트는 여섯 명의 밀렵꾼과 사냥개가 자신의 가족인 심바와 아직 태어나지 않은 그들의 새끼에게 가려는 걸
지연시키고 그들을 안전한 비소케의 경사지대로 도망치게 했다.
디지트의 마지막 전투는 외로웠고 용감했다.*

고릴라는 서부고릴라와 동부고릴라, 이렇게 2개의 종으로 분류된다. 서부고릴라에 속하는 2개의 아종
은 크로스리버고릴라와 저지대고릴라이고 개체 수는 약 3만 5,000마리 정도다. 동부고릴라에 속하는 2
개의 아종은 동부저지대고릴라와 산악고릴라로 나뉜다. 동부저지대고릴라는 약 5,000마리, 산악고릴
라는 겨우 700여 마리가 남아 있는 상태다. 인류에게 발견된 지 채 100년이 못 돼서 멸종위기종이 된
산악고릴라는 르완다와 우간다, 콩고민주공화국의 국경을 이루는 비룽가 산맥의 화산지대에 약 380여
마리가 살고 있다. 나머지 300여 마리의 개체군이 발견된 곳은 우간다 남서부에 자리한 브윈디천연국
립공원이다.

산악고릴라를 향한 인간의 욕망

예전에는 흑마술을 신봉하던 토착민과 밀렵꾼이 고릴라처럼 강한 힘을 얻기 위해 수컷 산악고릴라의 귀와 혀, 생식기와 손가락을 절단해 끓여 마셨다고 한다. 밀렵꾼은 새끼 고릴라를 잡아서 외국의 동물원에도 팔아넘겼는데 고릴라는 강한 가족 유대감을 지닌 동물이라 새끼 한 마리를 포획하기 위해서는 여러 마리를 한꺼번에 죽여야 했다. 수컷 고릴라의 두개골과 손이 관광객에게 팔리기도 했고 다른 동물을 잡기 위한 덫에 희생되는 일도 많았다. 고릴라 사망 원인 중 3분의 2가 밀렵꾼에 의한 것이었다. 20세기를 넘기지 못하고 멸종할 것이라는 우려가 있었지만 다행히도 꾸준한 노력으로 개체 수가 서서히 증가했다. 그러나 여전히 성행하고 있는 밀렵과 서식지 감소로 멸종위기에 처해 있다.

온순하고 지적인 산악고릴라

산악고릴라는 이름대로 해발고도 2,500~4,000미터의 산악지대에 서식한다. 맹수 같은 외모를 지녔고 위협을 받으면 사나워지지만 평소에는 매우 조용하고 온순한 데다 지적인 동물이다. 나무뿌리나 껍질, 과일, 셀러리 등을 주식으로 먹는다. 이동이 제한되고 먹이를 구하기 어려운 우기에는 자신과 다른 개체의 분변을 먹기도 한다. 주로 낮에 활동하고 매일 밤 다른 장소에 잠자리를 만든다. 안정되고 결속력 강한 산악고릴라 집단의 개체 수는 2마리에서 20마리까지 다양하며 평균 10마리 정도다. 성적으로 성숙한 15살 이상의 수컷이 우두머리가 되고 아직 번식 능력이 없는 8~13살 사이의 수컷과 8살 이상의 암컷 3~4마리, 8살 미만인 어린 고릴라 3~6마리가 함께 생활한다. 수컷은 성적으로 성숙해지면 등과 허벅지에 은빛 털이 나서 '은색등Silver-back'이라 불린다. 집단이 이동할 때는 은색등이 맨 앞에 서고 젊은 수컷인 검은등이 무리의 맨 뒤에서 가족을 보호한다. 암컷의 임신 기간은 9개월이고 한 마리의 새끼를 낳으며 3살 무렵 젖을 뗀다. 번식 연령에 도달한 성숙한 고릴라들은 종종 집단을 떠나는데 이것은 근친교배를 피하기 위한 것으로 보인다. 저지대고릴라에 비해 짧은 팔과 긴 털을 지녔고 몸집은 다른 고릴라보다 크다. 평균 키는 150~180센티미터, 체중은 90~180킬로그램 정도며 콧구멍의 모양과 코에 있는 주름이 인간의 지문처럼 달라서 개체 수를 파악하는 데 활용하고 있다.

다이앤 포시의 삶과 죽음

평생 고릴라 연구와 보호에 헌신했던 다이앤 포시의 책, 『안개 속의 고릴라』에는 15년 동안 야생 산악고릴라와 함께 지낸 이야기와 연구 자료가 담겨 있다. 산악고릴라 연구가 꿈이었던 다이앤 포시는 제인 구달의 침팬지 장기 연구를 지원한 루이스 리키 박사와 레이턴 윌키에게 지원을 받게 되었다. 그녀는 1967년, 안개가 자주 껴 앞이 잘 보이지 않는 3,000미터 높이의 비소케 산에 연구센터를 설립하고 본격적으로 산악고릴라를 연구하기 시작했다. 폐기종에 시달리면서도 비룽가 산맥의 우림을 장화가 다 헤질 정도로 돌아다니며 고릴라를 관찰했다. 밀렵꾼이 설치한 수많은 덫을 제거하고 다른 동물도 구조하며 서식지를 보존하는 일도 그녀의 몫이었다. 몇 년간 관찰만 하면서 고릴라 무리 곁을 맴돌던 어느 날, 호기심 많고 어린 수컷 고릴라 한 마리가 다가와 다이앤 포시의 손을 만졌다. 그녀가 피너츠라고 이름 붙인 고릴라였다. 그때부터 경계심이 강한 고릴라들은 다이앤 포시를 무리 안으로 받아들였고 보다 친밀한 관계 속에서 연구할 수 있었다.

　　1977년, 다이앤 포시가 사랑했던 고릴라 디지트가 머리와 손이 토막 난 시체로 발견되었다. 그녀가 이름을 지어 준 많은 고릴라가 거듭 밀렵꾼에게 도살당하자 다이앤 포시는 밀렵꾼의 활동을 방해하는

데 그치지 않고 적극적으로 응징하기 시작했다. 밀렵꾼을 붙잡아 때리고 고문하거나 밀렵꾼의 소유물을 불태우고 마녀처럼 분장하고 저주를 내린다는 소문이 파다하게 퍼졌다. 이런 소문으로 다이앤 포시는 전 세계에게 맹렬한 비난을 받았다. 그러나 실제로 목격된 잔혹 행위는 많지 않으며 밀렵꾼에게 두려움을 심어 주기 위해 과장된 소문을 퍼뜨린 것으로 여겨지고 있다. 1980년, 지원 단체들의 압박으로 다이앤 포시는 르완다를 떠나야만 했다. 코넬대학교에서 후학을 양성하며 『안개 속의 고릴라』를 집필한 후, 1985년에 다시 연구센터로 돌아갈 수 있었다. 그러나 안타깝게도 연구센터로 돌아간 지 겨우 2주가 지난 후인 12월 26일, 다이앤 포시는 숙소에서 손도끼로 잔인하게 살해당한 채 발견되었다. 그녀의 죽음을 둘러싼 무성한 추측만 존재할 뿐 범인은 끝내 밝혀지지 않았다.

유인원이 인간을 지배하는 혹성 이야기

피에르 불의 공상과학소설 『혹성탈출』에는 진화한 유인원에게 지배당하는 인류의 미래가 흥미롭게 그려져 있다. 여러 차례 영화로 만들어졌기 때문에 매우 친숙한 이야기지만 각색된 영화와 원작소설은 다른 매력이 있다. 흥미로운 우연도 있는데 이 소설이 발간된 1963년은 다이앤 포시가 비룽가 산맥의 화산지대에서 고릴라와 처음 만난 해이기도 하다. 실제로 고릴라는 평화롭고 온순한 초식동물이지만 『혹성탈출』에 등장하는 고릴라는 육식을 하며 다소 과격한 사냥꾼이나 권력욕이 강한 기업가 계층으로 묘사된다. 다른 유인원인 침팬지는 주로 지식인 계층이고 오랑우탄은 과학, 예술, 정계를 장악하고 있다. 2500년, 주인공 윌리스 메루는 베텔게우스계의 두 번째 행성 소로르에 도착한다. 지구와 쌍둥이처럼 똑같은 이 행성에서 처음 마주친 것은 야생에서 살아가는 벌거숭이 인간이었다. 옷을 입고 말을 타면서 총을 쏠 줄 아는 고릴라는 인간을 무참히 사냥하고 그 시체더미 앞에서 갖은 포즈를 취하며 기념촬영을 한다. 생포된 인간은 우리가 동물에게 행하는 여러 가지 실험을 고스란히 당하면서 각설탕을 상으로 얻어먹는다. 유인원이 실험용 발암물질을 인간에게 주사한 후에 뺨을 살짝 두들기는 장면은 특히 인상적이다. 소설 속 인간이 처한 상황은 비극적인 동시에 너무나 희극적이다. 스스로 만물의 영장이라고 일컫는 인간의 오만함이 얼마나 부서지기 쉬운 착각인지 책을 읽는 내내 부끄러움을 느꼈고 영겁의 시간, 광대한 우주의 한 점에 불과한 우리의 현재를 겸허하게 돌아보게 되었다.

다이앤 포시를 기리며

다이앤 포시가 아니었다면 우리는 고릴라의 생태에 대해 제대로 알지 못했을 것이다. 그녀가 아니었다면 당시 242마리에 불과했던 산악고릴라는 완전히 사라졌을 수도 있다. 다이앤 포시가 목숨을 걸고 지켰던 산악고릴라는 그때나 지금이나 여전히 멸종위기에 처해 있다. 그러나 그녀의 뜻을 기리는 수많은 사람이 산악고릴라 보호에 헌신하고 있으니 앞으로 멸종되는 일은 없을 것이라 믿고 싶다. 한 사람의 열정과 사랑이 얼마나 큰일을 이루어낼 수 있는지, 책을 읽으면서 느낀 감동이 오래도록 지워지지 않는다. 이 그림은 다이앤 포시를 위해서 그렸다. 지금 그녀는 평화로운 천국에서 그토록 사랑했던 디지트를 꼭 끌어안고 행복해하고 있을 것이다. 만물 위에 군림하려는 오만함을 내려놓고 순수한 영혼의 눈으로 세상을 바라본다면, 다이앤 포시처럼 우리도 자연과 동물의 진정한 친구가 될 수 있지 않을까. ✻

27년 만에 멸종된 스텔러바다소
중국, 진마오 타워, 420.5미터

금덩이의 무게에 눌려 바다 밑으로 가라앉고 있으니,
그가 금을 소유한 것인가 아니면 금이 그를 소유한 것인가?

- 존 러스킨 -

스텔러바다소는 고래 다음으로 거대한 해양 포유류로 몸길이는 8~9미터이고 무게는 8~10톤이 나갔
다. 1741년, 러시아 캄차카 주의 코만도르스키예 제도의 무인도인 베링 섬에 조난당한 탐험대에 의해 처
음 발견되었다. 탐험대를 이끌었던 덴마크인 탐험가 비투스 베링을 포함해 선원의 절반이 목숨을 잃었
으나 나머지 사람들은 얕은 해안가에 살고 있던 스텔러바다소를 잡아먹으며 생명을 유지할 수 있었다.
10개월 후, 생존자들은 보트를 만들어 무사히 귀환했다. 이중에는 박물학자이자 의사였던 독일인 게오
르크 슈텔러도 있었다. 그가 스텔러바다소에 관해 보고한 이후 고기와 가죽, 지방을 노린 사냥꾼과 상인
이 베링 섬에 대거 몰려들어 무자비한 남획이 시작되었다. 사냥을 당해도 아무런 저항도 하지 않았던 온
순한 스텔러바다소는 1768년, 발견된 지 27년 만에 세상에서 완전히 사라졌다.

거대한 떡갈나무를 닮았던 스텔러바다소

스텔러바다소와 가장 가까운 친척은 바다소목에 속하는 매너티와 듀공으로 크기는 다르지만 비슷한 외모를 지니고 있다. 스텔러바다소는 2개의 통통한 앞다리를 이용해 수영하거나 얕은 해안가를 걸었고 바위에 올라갔다. 앞다리로 먹이인 해초와 조류를 붙잡았고 서로 다투거나 포옹하기도 했다. 거대한 몸에 비해 머리가 매우 작았고 귓구멍이 완두콩만큼 작았지만 청각은 우수했다. 윗입술은 크고 넓었으며 위아래 입술이 모두 두 겹으로 되어 있었다. 입술 사이에는 3.8밀리미터의 두껍고 하얀 털이 빽빽하게 나 있었는데 털 안쪽의 공간에 먹이를 저장했다. 이빨이 없어 아래턱과 입천장에 있는 평평한 2개의 뼈로 문지르듯 씹어먹었다. 가죽은 매우 두꺼워서 동물의 피부보다는 오래된 떡갈나무 껍질과 비슷했다. 먹이가 부족한 겨울에는 굶주림으로 갈비뼈가 드러날 정도로 체중이 감소했다. 암컷의 임신 기간은 1년 이상으로 추정되고 주로 초가을에 한 마리의 새끼를 낳았다.

자연의 은혜를 멸종으로 되갚은 사람들

스텔러바다소가 발견되었던 1741년, 추정된 개체 수는 약 2,000여 마리였다. 스텔러바다소는 겨우 4~5분 정도 잠수할 수 있었고 평소에는 전복된 보트처럼 수면 위에 등을 내놓고 천천히 헤엄쳤기 때문에 사냥꾼이 작살을 이용해 손쉽게 사냥할 수 있었다. 무척 온순한 데다 인간을 경계하지 않았던 스텔러바다소는 단기간에 멸종한 도도처럼 몇 장의 그림과 기록, 불완전한 표본만을 남기고 세상에서 사라졌다. 조난으로 죽음의 위기에 처했던 사람들은 스텔러바다소로부터 얻은 고기로 배를 채우고 기름을 짜내 불을 지폈으며 가죽을 이용해 보트를 만들어서 무사히 집으로 돌아왔다. 그러나 인간은 자연이 베푼 은혜를 멸종으로 되갚았다.

  기록에 따르면 마지막 스텔러바다소를 잡은 사냥꾼들은 이 세상에 남은 스텔러바다소가 2~3마리뿐이라는 것을 알고 있었다. 그러나 주저하지 않고 스텔러바다소를 죽였고 고기와 가죽을 챙겼다. 어쩌면 그들은 더 일찍 와서 더 많은 스텔러바다소를 차지하지 못한 것을 안타까워했을지도 모른다. 한가로이 헤엄치며 새끼에게 젖을 먹이던 거대하고 신비로운 스텔러바다소를 이제 세상 어디에서도 볼 수 없다니. 앞다투어 몰려와서 가족과 동료를 작살로 찔러대고 죽이는 인간을 보며 스텔러바다소는 무슨 생각을 했을까? 너무나 미안하고 안타깝다.

환경오염으로 죽어 가는 바다

스텔러바다소의 멸종은 현재 해양생물이 멸종되는 규모와 속도에 비하면 아무것도 아니다. 환경오염은 해양생물을 대규모로 멸종시키고 있는 주된 요인이다. 산업화의 영향으로 증가한 대기 중의 이산화탄소가 바다에 과다 흡수되어 약산성인 바다가 점점 산성화되고 있다. 지금의 추세라면 50년 이내에 탄산칼슘 성분의 껍질을 가진 조개류 같은 생물종이 대량으로 멸종될 것으로 예측된다. 2050년 무렵에는 모든 상업적 수산자원이 고갈될 것이라는 연구 결과도 있으며 해양생물의 먹이이자 서식지인 해초지가 연간 7퍼센트씩 감소하고 있다. 폐기물 투기와 독성 화학물질의 사용도 해양오염을 부추기고 있다.

플라스틱이 점령한 바다

바다의 표류물 중 90퍼센트 정도가 플라스틱이다. 2006년, 유엔환경계획은 매 평방 마일마다 4만 6,000점의 플라스틱이 바다를 떠다니고 있다고 추정했다. 유럽 각국 소속의 15개 기관이 공동으로 조사한 바에 따르면 대서양, 북극해, 지중해 심해가 인간이 버린 비닐봉지나 그물, 유리병, 플라스틱으로 뒤덮여 있다고 한다. 쓰레기 중 41퍼센트가 플라스틱이었고 버려진 낚시 장비가 34퍼센트를 차지했다. 2008년에는 83개의 해양 쓰레기를 삼킨 어류가 발견되기도 했고 태평양 북동부에는 한반도보다 7배나 큰 거대한 쓰레기 구역이 형성되어 있다. 해마다 바닷새 100만 마리, 고래나 바다표범 같은 해양 포유동물 10만 마리가 플라스틱을 먹거나 어망에 걸려 죽어간다. 스텔러바다소의 근연종인 듀공도 서식지 상실과 해양오염으로 멸종위기에 처해 있다. 우리가 무심코 쓰고 버린 플라스틱이 바다에서 표류하다 해양동물을 죽게 할 수 있다니. 해양 생태계에서 어떤 일이 벌어지고 있는지 우리는 얼마나 정확히 알고 있는 것일까.

새끼를 낳고 젖을 먹이는 어미들

고래가 새끼를 낳는 동영상을 본 적이 있다. 아주 작은 고래의 꼬리가 조금씩 어미의 몸 밖으로 나오다가 어느 순간 완전히 빠져나와 물속을 헤엄쳤다. 탄성이 절로 나오는 아름다운 광경이었다. 스텔러바다소도 그렇게 새끼를 낳고 젖을 먹여 키웠을 것이다. 포유류의 출산과 수유를 지켜보면 동물을 인간과 동등하게 대해야 하는가에 대한 논쟁은 무의미해지고 오히려 동물과 인간을 다르게 생각하는 이유가 무엇인지 반문하게 된다. 내가 생명의 탄생과 죽음을 처음 목격한 것은 8살 무렵이었다. 마당에서 기르던 커다란 개, 아롱이가 어느 겨울밤에 새끼를 낳았다. 엄마가 분주하게 오가는 모습을 보고 낌새를 알아챈 나는 내복 바람으로 뛰쳐나갔다. 엄마가 아롱이 집에 덮어놓은 담요를 살짝 젖히니 아롱이의 배 쪽에 축축하게 젖은 새끼 몇 마리가 꼬물거리는 것이 보였다. 갓 태어난 새끼를 열심히 핥아 주는 어미의 모습을 한참 지켜봤다. 행여나 어미가 스트레스를 받을까 봐 숨도 크게 쉬지 못했다. 나는 묶여 있는 아롱이를 만나러 우리 집 마당을 들락거리던 동네 개들을 하나씩 떠올리며 어떤 녀석이 아빠일까 생각하고 있었다. 그런데 출산이 다 끝난 게 아니었다. 아롱이가 엉덩이 쪽으로 입을 가져가 아주 얇은 막에 싸인 덩어리를 끄집어내서 바닥에 내려놓았다. 아롱이는 입으로 막을 뜯고 새끼의 몸이 말끔해질 때까지 구석구석 정성스럽게 핥았다. 작은 생명이 세상에 나오는 것을 지켜보면서 말로는 표현할 수 없는 감정을 느꼈다. 그날 이후 나는 눈만 뜨면 아롱이 집으로 가서 종일 붙어 있었다. 대여섯 마리였던 새끼가 겨우 2마리만 남고 차례차례 죽어 가는 것도 지켜봤다. 사람이 자식을 낳고 부모가 되면 세상이 달라 보인다고 한다. 그것에 비할 바는 아니지만 생명의 탄생과 죽음을 눈앞에서 목격한 후에 나의 세상은 완전히 달라졌다.

희망을 놓지 않을 것이다

세상에 귀하지 않은 생명은 없다. 모든 생명은 다 동등하며 귀하고 아름답기에 함부로 대해서는 안 된다. 이 단순한 사실을 오로지 인간만이 망각하고 있는 것 같다. 아낌없이 주는 자연과 아무런 죄도 없는 동물에게 우리는 대체 무슨 짓을 하고 있는 것일까? 스텔러바다소를 죽여서 얻은 고기와 가죽이 스텔러바다소의 생명보다 값어치가 있을까? 우리가 아이들에게 스텔러바다소가 멸종한 이유를 부끄럽지 않게 설명할 수 있을까? 인류가 과거에 크나큰 잘못을 저질렀고 지금도 반복하고 있다는 것을 부인할 수 없다. 그러나 앞으로 우리가 인간 중심의 삶이 아니라 생명 중심의 삶으로 나아가리라는 희망을 나는 놓지 않을 것이다. ✄

세상에서 가장 작은 돌고래의 위기
두바이, 프린세스 타워, 413.4미터

"흐르는 물은 10마일이면 저절로 깨끗해진다"고 나의 할아버지께서 말씀하셨는데,
그 분의 어린 시절에는 인구가 적었기 때문에 이런 말씀은 진실에 가까웠다.
- 개럿 하딘 -

스페인어로 '작은 소'라는 뜻을 가진 바키타돌고래는 세상에서 가장 작은 고래이자 가장 희귀한 해양 포유동물이다. 쇠돌고랫과에 속하며 크기는 최대 150센티미터, 무게는 50킬로그램 정도밖에 되지 않는다. 1958년까지 인간에게 발견되지 않았던 바키타돌고래는 지난 반세기 만에 심각한 멸종위기에 처했다. 지난 3년간 절반이 사라졌고 현재 100마리 미만이 생존해 있는 상태이다. 캘리포니아만 북부의 고유종으로 얕은 해안가에서 서식하는데 상업적 어업이 집중적으로 행해지는 구역이라 자망과 저인망에 걸려 희생되는 경우가 많다. 개체 수가 워낙 적은 탓에 근친교배의 위험도 우려되고 있다. 지금의 추세라면 안타깝게도 2018년경에는 멸종될 것으로 예측된다.

비밀스러운 바키타의 생태

바키타는 해안으로부터 11~25킬로미터, 수심 11~50미터 지점에서 주로 목격된다. 수면에서 호흡하고 재빨리 사라져 오랜 시간 모습을 드러내지 않아서 포착하기가 쉽지 않다. 비밀스러운 습성과 극히 적은 개체 수 때문에 바키타의 생태는 알려진 것이 많지 않다. 수컷의 몸길이가 평균 135센티미터고 암컷은 140센티미터 정도이며 눈과 입 주변을 검은색 라인이 감싸고 있고 부리가 짧은 것이 특징이다. 몸집에 비해 지느러미가 큰 편이며 등은 진회색이고 배 부위는 희거나 밝은 회색이다. 바키타의 먹이는 오징어와 갑각류, 물고기 등으로 다양하다. 수명은 대략 20년 정도로 추정된다. 번식기는 늦은 봄이나 이른 여름이고 10~11개월의 임신 기간을 거쳐 새끼 한 마리를 낳는다. 보통 2~3마리가 함께 움직이며 드물게 8~10마리의 무리도 관찰된다. 가장 큰 무리로는 40마리가 한꺼번에 목격된 적도 있다. 다른 돌고래와 마찬가지로 음파탐지 능력을 이용해 소통하고 먹이를 찾는다.

작은 바키타가 자유롭게 헤엄칠 곳이 없다

인터넷에서 그물에 얽혀 올라온 바키타의 사진을 보았다. 힘없이 어선 바닥에 누워 카메라를 응시하는 모습이 너무나 애처로웠다. 이렇게 드넓은 바다 어디에서도 안전하게 헤엄칠 수 없다니. 서식지가 인간의 어업 구역과 겹쳐 일어나는 불상사라 누구를 탓할 수도 없다. 국제자연보호연맹은 2012년 바키타를 멸종위기 동식물 100종 중 하나로 선정했으며 세계야생생물보호기금은 멕시코 정부에 바키타의 서식지에서는 자망 어업을 금지해야 한다고 촉구했다. 그러나 이러한 조치는 해당 지역 어업 종사자의 생계를 위협하기 때문에 경제적 대안이 없는 한 실현되기 쉽지 않아 보인다. 인간과 동물의 이해가 충돌하면 희생은 언제나 동물의 몫이다. 죽음의 서식지를 떠나지 못하는 바키타 90여 마리의 운명은 앞으로 어떻게 될까? 이대로 멸종되는 것을 지켜봐야만 할지도 모른다.

세계에서 가장 높은 주거전용 건물

더 높고 넓고 좋은 집이 아니라 그저 살 곳이 필요한 바키타를 위해 우리는 무엇을 할 수 있을까. 나는 안타까운 마음을 담아 소녀의 집 욕조에서 놀고 있는 바키타를 그렸다. 욕조가 너무 작다는 것을 알기에 소녀의 표정이 밝지만은 않다. 창문 너머 보이는 빌딩은 두바이에 있는 프린세스 타워로 지상 101층, 높이는 413.4미터. 현재 세계에서 열여섯 번째로 높은 건물이고 완공된 2012년부터 지금까지 세계에서 가장 높은 주거전용 건물이라는 기록을 보유하고 있다.

인구증가만큼 줄어드는 야생동물 서식지

어릴 때 학교에서 생태계의 먹이사슬에 대해 배웠다. 모든 생명이 조화와 균형을 이루는 생태계의 질서는 굉장히 경이롭고 아름다웠다. 우리의 자연이 영원히 아름다울 것이라고, 막연하지만 확고하게 믿었다. 그러나 어른이 되어서 먹이사슬의 맨 꼭대기에 있는 인간만이 자연법칙을 벗어나 독주하며 생태계를 위협한다는 사실을 알게 되었다. 18세기 산업혁명 이후 의학과 농업의 발전으로 사망률이 낮아지고 평균수명이 늘어나면서 세계 인구가 급속히 증가하기 시작했다. 1804년 10억 명이었던 인구는 1974년에 40억 명으로 증가했고 2011년 10월 31일, 국제연합은 세계 인구가 70억 명을 돌파했다고 발표했다. 2100년에는 112억 명에 이를 것으로 전망하고 있다. 여러 분야의 통계를 실시간으로 제공하는 사이트*에 따르면 2015년 12월, 세계인구가 73억 명을 훌쩍 넘어섰다. 더불어 2015년에 사라진 숲은

4,942,549헥타르 이상이고 배출된 독성물질은 9,306,673톤이 넘는다. 세계 인구의 전례 없는 증가는 천연자원 고갈과 지구온난화, 대기오염 등 각종 환경문제의 주요 요인이다. 지구에서 인간이 차지하는 범위가 넓어지는 만큼 동식물의 서식지는 좁아진다. 최근 지구 상의 모든 야생동물이 직면한 가장 큰 멸종의 위협은 서식지 파괴와 상실이다.

공유지의 비극과 출산의 자유

1968년, 생태학자 개럿 하딘은 양치기의 공유지라는 예제로 유명한 논문 「공유지의 비극」을 발표했다. 공유지에 양을 방목하는 양치기는 자신의 이익을 위해 기르는 양의 수를 점차 늘리는데 이것은 초원을 공유하는 양치기라면 누구나 도달하는 결론이다. 유한한 공유지 안에서 각자가 최대한의 이익을 추구하면서 결국 비극적인 공멸로 향하게 되는 것이다. 인구 밀도가 낮았던 과거에는 쓰레기 같은 오염물질을 처리하는 것도 개인의 자율에 맡겼지만 이제는 법적으로 철저히 제한한다. 이처럼 유한한 세계인 지구라는 공유지가 파멸되는 것을 막으려면 상호 협의에 의한 상호 억제의 필요성을 인식해야만 한다. 개럿 하딘은 인구 증가로 인해 지구의 자원이 급속도로 고갈되는 문제는 과학이나 기술적인 방법으로는 해결할 수 없으므로 결국에는 출산의 자유마저 제한해야 한다고 말한다. 오래전에 발표된 글이지만 환경문제가 날로 커지는 현재에도 시사하는 바가 크다. 최근 각국 정부와 다국적기업이 바이오 연료의 개발과 녹색산업 운운하며 기술이 뭔가를 해결해 줄 것처럼 주장하지만 실상을 들여다보면 그다지 희망적이지 않다. '환경친화적'인 바이오산업 확장을 위해 자연이 대규모로 파괴되고 있으며 저개발국가의 자원 및 노동력 착취가 무자비하게 자행되고 있다.

우리는 더 잘할 수 있다

개럿 하딘의 말대로 기술적 해결은 가능하지 않다. 이대로 가다가는 언젠가 공멸하리라는 것을 우리는 알고 있다. 지구의 종말과 재난에 관한 많은 소설과 영화는 우리 마음속에 있는 불안을 투영하고 있다. 지금 나는 바키타의 서식지를 걱정하고 있지만 가까운 미래에 우리의 후손들은 자신의 안전과 거처를 고민하게 될지도 모른다. 인간에게는 뛰어난 두뇌와 자유의지가 있기 때문에 동물처럼 주어진 자연의 법칙대로만 살 수는 없다. 사실 우리는 동물들보다 더 잘할 수 있다. 두뇌와 자유의지를 무엇을 위해 어떻게 사용할지 선택할 수 있기 때문이다. 개인의 자유를 제한하여 모두가 더불어 사는 세상을 만들 수 있고, 인류의 자유를 제한하여 모든 동식물과 더불어 사는 세상도 만들 수 있다. 우리는 분명 지금보다 더 잘할 수 있다. ❦

라스코 동굴 벽에 그려진 오록스와의 이별
쿠웨이트, 알 함라 타워, 412.6미터

세상의 그 적막을 표현하기는 어려울 겁니다.
사람이 내는 소리, 양들의 울음소리, 새들이 지저귀는 소리, 벌레들이 윙윙거리는 소리,
우리 생활의 배경을 이루는 생명의 소리, 이 모든 소리가 그쳐 버린 겁니다.

라스코 동굴 벽에 그려진 오록스는 가축으로 기르는 소의 조상 격인 거대한 솟과 동물이다. 몸은 흑색 혹은 짙은 갈색이었고 어깨까지의 높이가 180센티미터, 무게는 1,000킬로그램에 육박했으며 뿔 길이만 80센티미터 정도였다. 약 2만 년 전 인도에서 처음 출현했고 유라시아 오록스, 북아프리카 오록스, 인도 오록스까지 총 세 종류의 아종 야생 오록스가 있었다. 이중 유라시아 오록스만이 가장 늦게까지 살아남았다. 로마 시대 원형 경기장에서 소싸움이 인기를 끌어 많은 오록스가 희생되었지만 그때까지도 유럽 전역에 널리 분포하고 있었다. 이후 무분별한 사냥이 멸종 직전까지 지속된 결과 13세기 무렵에는 아주 적은 수만이 폴란드와 리투아니아, 몰다비아, 트란실바니아, 동프로이센 등지에서만 발견되었다. 오록스의 숫자가 줄어들자 사냥은 귀족만의 특권이 되었다가 시간이 흘러 개체 수가 더 감소했을 때는 왕실 사람만이 사냥할 수 있었다.

오록스의 운명

극소수의 오록스만 남게 되자 폴란드 왕실은 사냥을 중단하고 사냥터지기를 고용해 오록스를 관리했다. 밀렵하는 자는 사형에 처할 만큼 강력한 조치였다. 현대적인 개념의 야생동물 보호가 아니라 사냥을 지속하기 위한 조치였지만 덕분에 마지막 오록스 무리는 폴란드의 야크토로프 숲에 여러 세기에 걸쳐 생존할 수 있었다. 그러나 폴란드의 국왕 지그문트 1세와 그의 후계자 지그문트 2세는 이전의 왕들보다 오록스 보존에 관심이 없었고 1572년 이후에는 폴란드의 정세가 극히 불안해지면서 왕권이 약해지자 오록스 관리가 제대로 이루어지지 않았다. 그 결과 개체 수는 한 자릿수로 줄었다. 1604년, 폴란드 왕실은 몇 마리 남지 않은 오록스와 서식지를 보존하기 위해 가능한 방법을 총동원했지만 이미 때는 늦은 후였다. 가축에게서 옮은 질병과 먹이 경쟁도 오록스의 멸종을 앞당겼다. 1564년에 38마리였던 오록스는 1566년에는 24마리, 1602년에는 4마리만 생존했다. 1620년 마지막 수소가 죽었고 1627년 마지막 암소가 자연사하면서 끝내 절멸했다.

돌이킬 수 없는 일

"돌이킬 수 없다"는 것이 얼마나 슬픈 일인지 오록스의 멸종사를 조사하면서 다시 느꼈다. 선사시대부터 살아온 오록스가 원형 경기장에서 죽임을 당하고 화살과 창에 맞아 죽고 병에 걸려 신음하다 먼지처럼 사라지는 광경이 생생하게 눈앞에 그려졌다. 다시 기회가 주어진다면 인류는 오록스를 지킬 수 있을까? 누구나 시간을 되돌리고 싶을 만큼 후회하거나 고통스러운 기억이 있을 것이다. 사랑하는 이의 죽음을 되돌리기 위해 과거로 돌아가 고군분투하는 연인이나 인류를 구원하고 테러를 막기 위해 과거로 가는 영웅의 이야기는 소설이나 영화를 통해 수많은 방식으로 변주된다. 주인공은 모두 목숨을 바쳐서라도 소중한 존재를 구하기 위해 노력한다. 동물의 멸종을 막기 위해 시간 여행을 하는 이야기는 없다. 그러나 세상에서 사라진 동물을 복원하려고 애쓰는 과학자들은 어떤 면에서는 시간 여행자와 비슷하다는 생각이 든다. 오록스 복원계획은 1835년, 폴란드의 동물학자가 처음으로 제안했고 적극적인 시도는 거의 1세기가 지난 1920년대와 1930년대에 걸쳐 독일의 헤크 형제에 의해 이루어졌다. 그들은 오록스의 특성을 보유한 품종의 선택 교배로 원형을 복원하고자 시도했다. 그 결과 형태적으로는 비슷한 소가 태어났지만 뿔의 형태와 거대했던 몸집까지는 복원할 수 없었다. 지금도 과학자들은 오록스를 복원하기 위해 노력하고 있다. 돌이킬 수 없는 일을 돌이키고자 노력하는 이들의 슬프고도 아름다운 시도가 꼭 성공하기를 바란다.

타임머신 이야기

미래와 과거를 오가는 시간 여행 이야기의 원류는 1895년 발간된 허버트 조지 웰스의 과학소설 『타임머신』이다. 서기 80만 2701년의 미래에 도착한 시간 여행자는 미래가 황폐하면서도 호화롭다고 느꼈다. 인류는 지상에 사는 아름답고 우아한 소인 종족 엘로이와 흉측한 몰골로 지하에 사는 소인 종족 몰록으로 분화해 있었다. 빈부 격차가 심해져 오랫동안 지상과 지하에 분리되어 살면서 외형마저 달라진 것이다. 지상의 인간은 양이나 소 같은 동물까지 모두 멸종시켰고 자신들이 원하는 예쁜 동물 몇 종만을 남겼다. 그들은 품종을 개량한 갖가지 과일을 주식으로 먹었으며 평화롭게 사는 듯했다. 그러나 어두운 밤에만 활동하는 지하의 인간은 고기를 섭취하기 위해 지상의 인간을 잡아먹으며 살고 있었다. 더 먼 미래로 떠난 시간 여행자는 인간과 동물이 전부 멸종한 시대에 도착하게 된다. 하늘은 새까맣고 공기도 희박한 지구에는 괴물같이 생긴 이상한 생명체만이 살고 있었다. 시간 여행자는 본래 살던 시간으로 돌아와 자신이 본 것을 다른 사람에게 전하지만 거짓말쟁이 취급을 받을 뿐이었다. 확실한 증거를 가지고 오겠다며 다시 떠난 시간 여행자는 이후 미래에서 돌아오지 않았다.

생명을 파괴할 수는 있지만 창조하지는 못한다

소설의 주인공이 경험한 것은 흥미진진하고 신나는 시간 여행이 아니라 인류와 지구의 암울한 미래였다. 미래의 사람인 엘로이와 몰록 종족은 인류의 노력으로 재창조한 자연 속에서 살고 있었다. 인류가 창조한 자연은 겉으로는 화려해 보이지만 무서운 비밀이 있는 불안정한 세상이었다. 황폐하면서도 호화로운 소설 속 미래가 지금 우리가 사는 세상과 크게 다르지 않다. 우리가 알던 모든 생명의 자취가 사라지고 괴물만 남은 캄캄한 지구의 모습은 터무니없는 상상만은 아니다. 지금처럼 동식물이 대규모로 사라지면 언젠가 생태계가 무너지는 재앙이 닥쳐올 것이다. 인류의 지성으로 저지한다 하더라도 엘로이의 세상처럼 암울한 디스토피아가 될 것이 자명하다. 인간은 자연을 변형하고 생물을 멸종시킬 수는 있어도 생명을 창조할 수는 없다. 다시 끼워 맞출 능력도 없으면서 기계를 무턱대고 분해하며 노는 어린 아이와 다를 것이 없다.

오록스가 아주 많았던 시대로

그림을 시작할 때는 내가 소녀와 동물을 왜 이렇게 배치하고 구성하는지 모를 때가 많다. 그림을 완성하고 나서야 표현하고 싶었던 것이 무엇인지 깨닫곤 한다. 그림 속 소녀는 오록스의 등에 올라타고 오록스가 아주 많았던 시대로 여행을 떠나고자 한다. 자신을 태워 줄 수 있는지 오록스에 물은 후 그 답변을 기다리고 있다. 그런 소녀를 바라보며 미소를 짓는 오록스의 표정은 소녀의 청에 대한 답변이다. 그림 속 배경이 되는 건물은 쿠웨이트에서 가장 높은 초고층 빌딩인 알 함라 타워다. 지상 80층에 높이 412.6미터로 2011년에 완공되었고 현재 세계에서 열입곱 번째로 높다.

머무르고 싶은 아름다운 세상

여러 번의 역사적 대멸종은 불가항력적인 외부 요인으로 일어났지만 기원전 1만 년에서 지금까지 일어나는 광범위한 멸종은 인간에게 큰 책임이 있다. 정확하게 추정할 수는 없지만 현재 추세라면 매년 약 14만 종이 멸종위기에 처할 수 있다고 한다. 돌이킬 수 없이 생태계가 파괴되면 인간도 당연히 위험하다. 이미 기후 변화의 파괴적인 영향이 나타나고 있지 않은가. 인간의 지성이 아무리 뛰어난들 자연을 정복할 수는 없다. 그렇다면 자연의 질서에 순응하고 따르는 것이 올바른 선택이다. 소설 속 시간 여행자는 여행에서 돌아오지 않고 가장 아름답고 풍요로운 시대에 정착했을지도 모른다. 그곳이 아주 먼 미래이든 과거이든 지금 우리가 살고 있는 시간은 아닐 것이다. 모든 시간 여행자가 머물고 싶은 아름다운 세상을 만들 것인지 공포에 질려 황급히 떠날 세상을 만들 것인지, 선택도 그에 따른 책임도 우리 몫이다. ❧

대왕판다의 우주를 지키기 위해
중국, 시틱 플라자, 390.2미터

만약 우리가 자연 세계와 더불어 사는 법을 배우지 못하고,
지구가 그 작동을 멈춘다면 결국 우리는 어디로 간단 말인가? 달인가?
달의 모습을 보니 언젠가 그 곳에서도 우리가 살았던 모양이다.*

대왕판다, 자이언트판다, 왕판다로 불리는 판다는 주로 중국에 서식하는 곰과의 포유동물이다. 중국의 국보로 여겨지고 있으며 중국을 상징하는 동물이기도 하다. 판다는 베이징 올림픽의 마스코트인 징징의 모티브가 되었고 중국이 다른 국가와 교류를 맺을 때 외교의 수단으로 판다를 빌려주기도 한다. 1869년, 사냥꾼에게 판다 가죽을 받은 프랑스 선교사에 의해 판다의 존재가 서양에 처음 알려졌고 1930년대에는 시카고의 동물원과 런던에 반입되었다. 1949년을 기점으로 중국의 인구가 급격히 증가하면서 판다의 서식지가 줄어들었고 뒤이은 기근과 사냥도 판다를 위협했다. 세계야생동물기금은 1961년 창립될 당시, 런던 동물원에 살고 있던 판다인 치치로부터 영감을 얻어 로고를 제작했다.

판다도 우리를 보며 미소를 지을까

보고 있으면 저절로 미소를 짓게 되는 독특하고 귀여운 외모의 판다는 오늘날 전 세계 사람들로부터 큰 관심과 사랑을 받고 있다. 그러나 2014년 조사 결과에 따르면 야생에 남은 판다는 1,864마리에 불과하다. 인구 증가와 산림 파괴로 인한 서식지 감소가 가장 큰 위협 요인이다. 과거 중국 남부와 동부, 베트남과 미얀마 북부 지역에 널리 분포해 살던 판다가 오늘날에는 중국의 쓰촨, 산시, 간쑤 지방의 대나무 숲에 제한적으로 서식하고 있을 뿐이다. 판다의 서식지가 있는 지역은 판다로부터 막대한 생태 관광 수입을 얻고 있다. 판다의 낮은 번식률도 문제지만 또 다른 멸종 위협은 사냥이다. 판다 밀렵은 법적으로 엄격하게 금지하고 있지만 밀렵꾼이 판다 서식지에서 다른 동물을 사냥하는 도중 뜻하지 않게 판다가 희생되는 불상사가 끊이지 않고 있다. 1970년대 후반 약 1,000마리였던 판다의 숫자가 중국 정부의 적극적인 보호 정책으로 지난 10년간 약 17퍼센트 증가한 것은 그나마 다행이지만 여전히 판다는 멸종위기의 동물이다.

조금은 느리고 신비로운 판다의 일생

판다는 어깨와 팔다리, 귀와 눈 주변은 검고 몸통과 얼굴은 하얗다. 상대적으로 머리가 크고 턱 근육이 강하게 발달했다. 가끔 육류를 섭취하지만 대나무가 99퍼센트의 비율로 주식이기 때문에 다른 곰에 비해 어금니가 평평하고 넓다. 그리고 대나무를 붙잡기 편하도록 앞발의 발목뼈 하나가 튀어나와서 엄지처럼 사용할 수 있다. 나무를 물어뜯은 자국은 판다마다 달라서 마치 지문처럼 개체 수를 파악하는 단서가 된다. 하루에 10~18킬로그램의 대나무를 먹는 판다는 몸길이가 150~190센티미터까지 자라고 꼬리 길이는 10~15센티미터다. 몸무게는 수컷이 85~125킬로그램, 암컷은 70~100킬로그램 정도 나간다. 번식기를 제외하면 거의 단독생활을 하고 육중한 몸집이지만 나무를 굉장히 잘 탄다. 동면하지 않는 대신 겨울의 혹독한 추위를 피하고자 고도가 낮은 곳으로 이동한다. 판다는 보통 한배에 1마리의 새끼를 낳지만 쌍둥이가 태어나는 경우도 더러있다. 어미는 더 강한 새끼를 선택해 젖을 물리고 약한 새끼는 죽게 된다. 갓 태어난 새끼는 어미 크기와 비교할 때 900분의 1에 불과할 만큼 아주 작고 3개월이 지나야 겨우 걸을 만큼 연약한 유아기를 거친다. 대략 5~6년 정도 지나면 성숙한 판다가 되고 수명은 야생에서 14~30년 정도다.

우리가 지켜야 하는 우주는 지구다

판다와 소녀 뒤편으로 보이는 건물은 세계에서 스물한 번째로 높은 광저우의 시틱 플라자다. 세계에서 가장 높은 콘크리트 건물이기도 한 시틱 플라자는 지상 80층, 390.2미터로 1998년까지 아시아 최고층 빌딩이었다. 시틱 플라자가 우뚝 솟은 하늘에는 2013년 중국이 다섯 번째로 발사한 유인우주선 선저우 10호가 보인다. 무인우주선과 달리 고도의 최첨단 기술이 필요한 유인우주선은 지금까지 미국과 러시아, 중국, 단 세 나라만이 성공했다. 우주 프로젝트를 시행하려면 국가적 차원에서 천문학적인 자금과 지원이 필요하다. 인류가 이룬 과학적 성과는 볼 때마다 놀랍고 자랑스럽지만 한편 안타까운 마음이 든다. 우주 너머가 아닌 지구에 살고 있는 수많은 생명의 굶주림과 고통 그리고 죽음이 떠오르기 때문이다. 인류가 가진 우주를 향한 호기심과 열망을 탓하고 싶지는 않다. 그러나 지구야말로 무엇보다도 소중한 우리의 별이다. 우리 지구별의 문제는 날로 심각해지고 있는데 인류는 어디에다 에너지와 자원을 쏟아붓고 있는 걸까.

인간은 자연을 위해 무엇을 하고 있는가

자연의 모든 생명체는 눈에 보이지 않는 미생물부터 거대한 범고래까지 각자의 역할을 다하고 있다. 때가 되면 자연으로 돌아가 다른 생명의 거름이 되고 자연의 재생과 순환에 일조한다. 쓰레기를 남기는 존재는 인간이라는 종뿐이다. 그것도 독성을 가진 데다 분해되지도 않는 쓰레기를 말이다. 지구는 다 쓰면 버리는 배터리가 아니다. 모두의 자산인 지구를 누가 어떻게, 어떤 용도로 사용하고 있는지 우리는 관심을 기울여야 한다.

북반구 국가 북미, 유럽, 북부 아시아에는 세계인구의 25%만이 살고 있지만,
전세계에 저장된 에너지의 70% 이상과 전세계 식량의 60% 이상,
전세계 나무의 85% 이상을 이들이 소비한다.
우리가 이처럼 빠른 속도로 재화를 축적하고 자원을 소비하는 동안,
전세계에서 굶어죽는 사람 수는 시간당 몇천 명씩에 달한다.*

우주선을 개발하는 데 필요한 천문학적인 비용이 논란이 된 적은 없었다. 그러나 막대한 보존 비용이 드는 판다의 경우, 과연 그 비용을 치러야 할 만큼 판다가 가치가 있느냐는 한 영국 학자의 문제 제기가 논란을 일으켰다. 판다는 그나마 형편이 나은 편이다. 사실 판다의 외모가 사랑스럽지 않았다면 멸종위기동물의 상징적인 존재가 될 수도 없었고 지금처럼 보호받을 수 없었을지도 모른다.

지킬 수 없는 걸까, 지키려 하지 않는 걸까

『우리 문명의 마지막 시간들』의 저자 톰 하트만은 라디오 쇼에서 한 남자와 환경문제에 관해 이야기를 나눌 기회가 있었다. 남자는 점박이 올빼미나 게으름뱅이 가마우지 같은 게 왜 필요한 것이냐며 우리에게 필요한 것은 직업과 경제 안정, 깨끗한 도로와 안전한 도시이며 동식물의 가치는 인간의 필요에 따라 결정되는 것이라고 주장했다. 이런 주장에 동조하는 사람도 있을 것이다. 그러나 생명의 가치를 경제적 관점에서 환산하고 판단할 수 있을까? 인간의 필요가 동물의 생명보다 소중할까? 우주 비행이 가능한 놀라운 첨단기술의 시대에 우리는 왜 자연을 지킬 수 없는 걸까? 지키려 하지 않았던 건 아닐까? 누군가를 비판하거나 과격한 주장을 하고 싶은 마음은 없다. 다만 누구나 바라듯이 지구의 자원과 인간의 기술이 모두의 생명과 행복을 위해 공평하게 사용되기를 바란다. 그리고 점차 멸종을 향해 한 계단씩 내려오고 있는 판다가 더는 낮은 곳으로 향하지 않도록 지켜 주고 싶다. ❦

상아로 고통받는 아프리카코끼리의 위기
미국, 엠파이어 스테이트 빌딩, 381미터

여러 민족들은 그들이 다듬어서 남긴 석재의 양으로
자신들에 대한 추억을 영구화하려는 광적인 야망에 사로잡혀 있다.
차라리 그만한 노력을 자신의 품행을 가다듬는 데 바쳤다면 어땠을까?
한 조각의 양식良識은 달까지 솟아오른 기념비보다 더 기릴 만한 것이 아닌가?*

아프리카코끼리는 지상의 포유동물 중 가장 거대한 동물로 사하라사막 이남의 아프리카 37개국에 걸쳐 폭넓게 분포한다. 물건을 잡거나 의사소통에 이용하는 기다란 코와 체온을 조절하는 커다란 귀, 석회질 성분의 큰 엄니를 가지고 있다. 코끼리는 아프리카 야생동물의 상징적인 존재지만 수 세기 동안 상아 거래를 위해 사냥되어 개체 수가 많이 줄었다. 1980년대에는 매년 대략 10만 마리가 죽임을 당했고 어떤 지역에서는 무리의 80퍼센트 이상이 사라지기도 했다. 최근에는 특히 아시아에서 상아 수요가 꾸준히 늘어나고 밀렵도 급증하고 있어 심각한 위협에 직면한 상태다. 아프리카의 상아 내수 시장도 여전히 번성 중이다. 1990년대부터 멸종위기에 처한 동·식물 교역에 관한 국제협약에 따라 상아 거래가 금지되었지만, 극동 지역의 수요 증가에 따라 코끼리 수만 마리가 희생당했고 몇몇 나라에서는 아직도 스포츠로써 코끼리 사냥을 허용하고 있다.

사람과 코끼리의 비극적인 만남

인구 증가, 농경지 개발로 인한 서식지 상실도 중요한 문제다. 바이오 연료 농장, 벌목과 광산 채굴업이 성장하면서 서식지가 파괴되는 것은 물론이고 깊고 외진 지역에 있던 서식지까지 밀렵꾼이 접근하는 것도 수월해졌다. 또한, 아프리카의 고질적인 빈곤과 내전에 따른 난민의 이동도 코끼리를 위협한다. 코끼리의 서식지는 줄어든 반면 인간의 활동 범위는 자꾸만 넓어져 코끼리 서식지 및 이동 경로와 인접한 마을의 작물 피해가 빈번해지고 있다. 이로 인한 인간과 코끼리의 충돌은 대개 코끼리의 죽음으로 이어진다. 1996년, 국제자연보호연맹은 아프리카코끼리의 멸종 위기 등급을 위기 단계로 격상했다가 2004년 한 단계 낮춘 취약 단계로 발표했다. 그러나 지금과 같은 추세로 코끼리 밀렵이 계속된다면 조만간 야생에서 코끼리를 만날 수 없을 것이라 우려하는 목소리가 커지고 있다.

코끼리의 더불어 사는 삶

코끼리의 두꺼운 피부는 회갈색을 띠며 검고 뻣뻣한 털이 드문드문 나 있다. 수컷의 몸길이는 6미터에서 7.5미터, 무게는 평균 6톤에 이르고 암컷의 몸길이는 5.4미터에서 6.9미터이며 무게는 평균 3톤이다. 코끼리의 몸과 엄니는 평생 자란다. 바깥쪽으로 완만하게 구부러진 형태인 엄니는 암컷과 수컷 모두 갖고 있다.

코끼리의 수명은 상당히 긴 편이라서 70년까지 살기도 한다. 뚜렷한 번식기가 없고 3, 4년마다 한 마리의 새끼를 낳는데 특정 지역에서는 강우량이 출산 주기에 영향을 준다는 연구도 있다. 임신 기간은 22개월로 어린 새끼는 태어난 후에도 수년간 어미의 보살핌이 필요하다. 무리 내 젊은 암컷들이 공동으로 새끼를 돌보는데 이 암컷들을 올 마더스allmothers라고 부른다. 한 무리는 10여 마리 정도이며 나이가 많은 암컷이 우두머리 역할을 한다. 가끔은 여러 무리가 결합해 100마리 이상이 한 무리를 이루는 것이 목격되기도 한다.

다 자란 코끼리는 하루에 160킬로그램 정도의 먹이와 엄청난 양의 물을 마시기 때문에 풀이나 관목, 나뭇잎, 나무껍질 등의 먹이와 물을 찾아서 돌아다니며 하루를 보낸다. 이러한 활동으로 코끼리는 중앙 아프리카 숲의 30퍼센트에 해당하는 나무를 널리 퍼뜨리고 발아를 돕는다. 아프리카에서 다른 동식물이 생존할 수 있는 상태를 유지하는 데 중추적인 역할을 하는 것이다.

내 마음속의 코끼리

어린 시절 즐겨 보던 〈동물의 왕국〉에서 코끼리 무리는 항상 새끼를 데리고 느릿느릿 걷고 있었다. 거대한 초식동물인 코끼리는 화내는 법이 없었다. 코끼리가 유유자적 걷거나 쉬는 모습은 위엄 있고 아름답다. 코로 나뭇가지를 휘감아 입에 집어넣거나 등에 물을 끼얹거나 서로의 코를 감으며 장난칠 때는 입꼬리가 살짝 올라가 무척 즐거워 보였다. 드넓은 평원을 한가로이 거닐며 평화롭게 사는 모습에 가슴이 뭉클해지기도 했다. 늙고 병든 코끼리는 비밀스러운 코끼리 무덤에 찾아가 죽는다는 전설 같은 이야기를 나는 사실로 믿었다. 코끼리의 삶에 인간이 끼어들면서 피비린내 나는 살육이 벌어진다는 것을 그때는 몰랐다. 어느 날, 상아를 빼앗기고 코가 잘려나간 채 죽은 코끼리 사진을 발견하고 울고 말았다. 누군가 어금니를 얻기 위해 사람을 죽였다면 모두 미쳤다고 할 것이다. 코끼리가 왜 예외가 되어야 하는가? 코끼리도 인간과 다르지 않다. 그들도 고통을 느끼고 가족과 동료의 죽음을 애도한다.

자연은 인간의 오만과 과오를 비웃지도 비난하지도 않는다. 심각한 손해를 입거나 죽임을 당한 동식물도 인간을 고발하거나 소송을 걸지 않는다. 그렇다고 무한정 자유가 주어졌다고 착각해서는 안 된다. 그만큼 무거운 책임이 필요하다. 우리가 저지른 일을 깨닫고 반성하고 바로잡는 것은 오롯이 우리의 몫이다. 자애로운 어머니, 자연이 매를 들기 전에 서둘러 올바른 길로 돌아가야 한다.

엠파이어 스테이트 빌딩과 마천루의 저주

1931년에 완공된 엠파이어 스테이트 빌딩은 1971년, 지금은 테러로 사라진 세계무역센터가 완공될 때까지 40년간 세계에서 가장 높은 빌딩이었다. 엠파이어 스테이트 빌딩은 말 그대로 뉴욕을 상징하는 건물이었고 영화 〈킹콩〉을 비롯해 많은 대중매체에 단골로 등장했다. 기공식이 있었던 1929년은 뉴욕의 주식시장이 폭락하고 대공황이 시작된 해다. 자본주의 시스템의 근간을 뒤흔들었던 대공황을 목전에 두고 세계에서 가장 높은 건물이 들어서기 시작한 것이다.

1999년 도이체방크의 분석가 앤드루 로런스가 100년간의 사례를 제시하며 내놓은 마천루의 저주라는 경제학 가설에 따르면, 초고층 빌딩의 착공은 경제 위기를 예고하는 신호다. 자금 조달이 수월한 시기에 착공에 돌입하지만 완공될 무렵에는 경기가 과열되고 거품이 꺼지며 불황이 시작된다는 것이다. 처음에는 저주라는 표현이 우습다고 느꼈지만 관련 글을 읽어 보니 단순한 우연이나 근거 없는 낭설은 아니었다. 엠파이어 스테이트 빌딩도 바로 그 근거다.

마천루의 저주는 성경의 바벨탑 이야기를 떠올리게 한다. 대홍수에서 살아남은 노아의 후손이 함께 이름을 내자며 하늘에 닿는 건물을 짓기 시작했다. 이것은 신에 대한 도전이자 불신이었다. 분노한 신이 하나였던 언어를 혼란스럽게 만들자 소통할 수 없어진 인간은 각지로 흩어졌고 바벨탑 건설도 무산되었다. 지금 이 순간에도 한층 한층 올라가고 있는 초고층 빌딩은 무엇에 닿고자 하는 걸까?

우리는 자연의 아이들이다

동물은 미래를 걱정하며 전전긍긍하지 않는다. 우리 집에 사는 골든 햄스터나 달팽이도 내가 건드리지만 않으면 아주 평온하게 지낸다. 다른 존재를 착취하지도 으스대지도 않고 불안해하지도 않으며 말이다. 순수하게 현재를 살아가는 동물은 인간과는 다른 차원의 내적 평화를 누리는 것 같다. 인간은 자연에 순응하지 않고 신이 되고자 하는 유일한 동물이다. 자본주의 사회에서 돈이 많으면 신적인 존재가 될 수 있다는 착각에 빠지고 돈이 없으면 삶의 통제권을 잃고 파멸하리라는 불안에도 시달린다. 불안을 잠재우고 욕망을 채우고자 인간은 바벨탑 짓기에 몰두한다. 더 높이 오르고 더 많이 가지려고 애쓰지만 결국 돈의 주인이 되기 위해 돈의 노예로 사는 격이다. 소유하지 않으면서도 부족함이 없는 동물의 삶이 우리보다 행복해 보인다. 새장이 아무리 크고 화려한들 하늘을 나는 자유에 비할 바가 아니다. 대자연을 거니는 코끼리의 모습에 감동하고 꽃의 오묘한 색채에 감탄하고 새의 날갯짓을 부러워하는 우리는 자연과 더불어 살도록 지어진 자연의 아이들이다. 자연에 순응하는 삶의 방식을 받아들이고 헛된 바벨탑 짓기를 멈춘다면 우리의 미래는 풍요로울 것이다. 🍃

핀타섬땅거북이 세상을 떠난 날
미국, 뱅크 오브 아메리카 타워, 365.8미터

어떤 사람들은 내가 너무 오래 숲에 있었다고 말하지만,
내가 겪은 자연은 나에게 "너무 많은 사람들이 너무 오래 숲을 떠나 있다."고 말하고 있었다.*

핀타섬땅거북은 에콰도르의 갈라파고스 제도에서만 서식하는 갈라파고스땅거북의 아종이다. 갈라파고스땅거북은 몸길이 1.4~1.8미터, 무게는 최대 417킬로그램에 달하는 거대 거북이다. 야생에서는 수명이 보통 100년 이상이고 사육 상태에서 170년 가까이 살기도 했다. 갈라파고스 제도는 1835년, 찰스 다윈이 비글호를 타고 방문했던 섬으로 진화론에 영감을 준 곳이다. 1979년 유네스코 세계자연유산에 지정되었으며 여러 고유종의 서식지로 유명하다. 19개의 주요 섬과 작은 섬과 암초로 이루어져 있는데 그 중 면적이 60제곱킬로미터인 핀타 섬은 세계에서 가장 유명한 거북, 외로운 조지가 발견된 섬이다.

인간의 행동이 자연에 미치는 영향

핀타섬땅거북이 문헌에 처음 등장한 시기는 1877년이다. 포경선과 각종 어선이 식용을 목적으로 갈라파고스 제도의 거북을 대량으로 남획한 기록이 전해진다. 긴 항해를 하는 선원에게 6개월 이상 먹이와 물을 주지 않아도 생존이 가능한 거북은 언제든지 신선하게 섭취할 수 있는 유용한 식량원이었다. 얼마 지나지 않아 여러 섬에 흩어져 있던 갈라파고스땅거북의 아종들이 멸종되거나 멸종 위기에 처했다. 19세기 후반에는 핀타섬땅거북도 대부분 사라졌고 20세기 초반에는 완전히 멸종된 것으로 여겨졌다. 1959년, 핀타 섬에 또 하나의 불행이 찾아왔다. 어부들이 긴 낚시 여행 동안 신선한 고기를 먹으려는 목적으로 들여온 세 마리의 염소가 문제였다. 섬 환경에 완벽히 적응한 염소의 개체 수가 폭발적으로 늘면서 1970년에는 대략 4만 마리가 되었다. 태초의 자연을 간직했던 섬이 심각하게 훼손되고 초식동물인 거북의 서식지도 파괴되었다. 염소가 들어오기 전의 상태로 회복하는 것은 쉬운 일이 아니었지만 지속적인 노력으로 2003년, 마침내 섬에서 염소를 없애는 데 성공했다. 인간의 사소한 행동이 자연에 미치는 영향이 얼마나 큰지 단적으로 보여 주는 사건이었다.

마지막 핀타섬땅거북, 외로운 조지

1971년 헝가리 출신의 연체 동물학자 요제프 바그뷜지가 핀타 섬에서 달팽이 연구를 하다가 한 마리의 거북을 발견했다. 놀랍게도 그것은 멸종된 것으로 여겨졌던 핀타섬땅거북이었다. 거북은 이듬해 보호를 위해 산타크루즈 섬으로 옮겨졌고 찰스다윈연구소 내 보호소에서 살게 되었다. 어느 날 갑자기 핀타섬땅거북이 나타나자 전 세계의 이목이 쏠렸다. 미국의 한 미디어에서 핀타섬땅거북을 외로운 조지라 불렀고 그대로 이름이 되었다. 연구자들은 핀타섬땅거북을 번식시키려는 희망을 품고 암컷을 찾기 위해 광범위한 조사를 벌였으나 끝내 발견하지 못했다. 이후 형태나 유전적으로 유사한 다른 아종 암컷들과 외로운 조지를 합사해 자연 번식을 시도했지만 성공하지 못했다. 안타깝게도 몇 차례 낳은 알들이 단 하나도 부화하지 않았다. 외로운 조지의 건강 상태는 대체로 양호한 편이었으나 과체중이 문제가 되어 수의사와 영양학자에게 지속적인 관리를 받았다.

외로운 조지는 2012년 6월 24일 일요일 이른 아침, 40년간 조지를 돌본 관리원 파우스토 예레나 산체스에게 자연사 상태로 발견되었다. 사망 당시 추정 나이는 100살 이상이었다. 조지의 사체는 영구 보존을 위해 냉동되어 미국 자연사박물관의 박제사에게 보내졌다. 박제된 외로운 조지는 다시 에콰도르로 돌아와 수도인 키토나 산타크루즈 섬에 전시될 예정이다. 세계에서 가장 희귀한 생명체 중 하나이자 갈라파고스 제도의 상징과도 같았던 외로운 조지는 전 세계적인 관심과 각별한 보존 노력에도 불구하고 영원히 우리 곁을 떠났다. 외로운 조지의 죽음으로 핀타섬땅거북은 공식적으로 멸종했다. 그러나 예일대 진화생물학과 연구진이 1,600여 마리의 갈라파고스땅거북의 유전자를 분석한 결과 17마리에게서 부분적으로 핀타섬땅거북의 혈통이 발견되었다고 발표했다. 이 연구 결과는 아직 사람들에게 발견되지 않은 핀타섬땅거북이 어딘가에 살아 있을 가능성을 시사한다.

판타섬땅거북은 사라졌지만 다행히도 다른 갈라파고스땅거북 아종들의 개체 수를 늘리기 위한 시도가 의미 있는 진전을 보이고 있다. 2004년 3퍼센트였던 부화율이 2007년에는 전례 없이 24퍼센트로 증가했다. 16세기에는 25만 마리 이상으로 추정되었으나 1970년대에는 겨우 3,000여 마리에 불과했던 갈라파고스땅거북은 이제 1만 9,000마리로 늘어났다. 갈라파고스땅거북은 에콰도르 정부의 엄격한 법과 국제적인 지원으로 앞으로도 안전하게 보호될 것이다.

박제된 외로운 조지

인터넷에서 박제된 외로운 조지의 사진을 몇 장 보았다. 박제된 동물을 보면 항상 미안한 마음이 든다. 내가 다니던 초등학교 과학실에는 몇 마리의 크고 작은 동물 박제가 있었다. 당연한 일이지만 살아 있는 동물과는 전혀 달라 뻣뻣했고 기괴해 보이기까지 했다. 살짝 내려앉은 먼지와 늘 동그랗게 뜨고 있는 가짜 눈은 특히 거부감이 들었다. 죽은 동물을 보는 것만도 끔찍한데 살아 있는 것처럼 꾸민 죽은 동물이라니. 아이들은 한밤중이면 박제된 동물들이 살아나 학교를 돌아다닌다는 유치한 괴담을 소곤거리곤 했다. 어쩌면 캄캄한 학교에 덩그러니 남겨진 동물들이 안쓰러워 그렇게나마 생명을 주고 싶었던 건지도 모른다.

어른들은 교육적인 효과를 기대했겠지만 어린 나는 그저 동물들에게 미안할 뿐이었다. 다른 아이들의 얼굴에서도 즐거운 빛을 발견한 적은 없었다. 어쩌다 여기에 오게 됐을까, 병에 걸려 죽었을까, 일부러 죽었을까, 박제된 동물을 보면서 그런 생각을 했던 것 같다. 나이가 들어서는 여러 전시관에서 더 정교하고 다양한 동물 박제를 보았다. 잘 모르겠다. 그것을 좋아하는 사람들이 있을지도. 사람이라면 누구도 죽은 후에 그런 취급을 받고 싶지 않을 것이다. 만약 내가 외로운 조지라면, 100여 년 전 나고 자란 핀타 섬 어딘가에 묻혀 자연의 일부로 돌아가고 싶을 것이다.

외로운 조지의 가장 오래된 친구

외로운 조지를 그리기 위해 조사하면서 많은 사진과 동영상을 보았다. 가장 아름다운 사진은 40년간 함께 지낸 파우스토 예레나 산체스와 마주 보고 서 있는 사진이었다. 조지는 마치 입맞춤이라도 하려는 듯, 머리가 하얗게 센 오랜 친구를 향해 목을 길게 빼고 있었다. 둘은 무척 닮았고 행복해 보였다. 파우스토 예레나 산체스는 43년간 갈라파고스 국립공원관리청에서 일하며 갈라파고스땅거북의 번식과 복원에 지대한 공헌을 했다. 2015년 예일대 연구팀은 이제까지 한 종으로 여겨졌던 산타크루즈 섬의 땅거북 두 무리가 유전적으로 서로 다른 두 종이라는 사실을 밝혀냈을 때 새로 확인된 땅거북에게 파우스토 예레나 산체스의 애칭을 따서 켈로노이디스 돈파우스토이라 명명했다. 새로 확인된 땅거북은 250~300마리로 추정된다. 외로운 조지의 가장 오랜 인간 친구는 여전히 그곳에서 다른 땅거북을 돌보고 있다.

발달과 번영의 대도시, 그러나 동물에게는 더없이 황폐하다

그림에서 외로운 조지와 소녀가 서로를 바라보며 서 있는 곳은 복잡한 대도시의 한복판이다. 발달과 번영을 상징하는 대도시는 동물에게는 더없이 황폐하고 낯선 공간이다. 인간의 세상에 홀로 남았던 외로운 조지는 그가 처한 슬픈 상황만큼 많은 관심과 사랑을 받았고 우리에게 기쁨과 희망을 주었다. 그러나 마지막 핀타섬땅거북의 외로운 삶과 죽음을 지켜보는 것은 가슴 아픈 일이기도 했다.

외로운 조지에게 느끼는 감정은 모두 다를 것이다. 나는 할아버지처럼 생긴 거북의 얼굴에서 오랜 세월 수많은 풍파를 이겨 낸 고고함을 느꼈다. 무심한 표정으로 천천히 움직이는 모습을 보며 생의 의미와 느림의 미덕을 되새겨 보았다. 한 생명이 100년 이상을 그렇게 조용하고 평화롭게 살아왔다는 것은 기적 같은 일이다. 한 종의 생명의 역사가 끝나는 슬픈 죽음은 외로운 조지가 마지막이기를 간절히 바란다. 어느 날 갑자기 우리 앞에 나타난 외로운 조지도 그 소망을 전하고자 깊고 깊은 은신처에서 스스로 걸어 나온 것은 아니었을까. ❦

빌딩 숲의 갈색거미원숭이

대한민국, 공사 중인 롯데월드타워, 554.5미터

그들이 마시는 공기는 깨끗했고, 냇가의 물도 오염되지 않았다.
그리고 그들은 그런 것들이 변함없이 유지되기를 바랐다.
인디언들은 또한, 그들이 좋아하는 종[※]만이 아니라,
자라나는 것이면 모두 보호해야 한다는 것도 알고 있었다.[*]

갈색거미원숭이는 매우 길고 가는 팔다리를 가진 거미원숭이과 동물로 주로 콜롬비아와 베네수엘라에서 발견된다. 국제자연보전연맹이 2004년부터 2014년까지 발표한 멸종위기 영장류 25종 리스트에 항상 이름을 올리고 있으며 서식지 상실이 가장 큰 생존의 위협이다. 산 채로 포획되어 애완동물로 거래되는 일도 빈번하다. 갈색거미원숭이는 지난 45년간 80퍼센트 이상 그 수가 줄었다. 무분별한 토지개발로 인해 서식지가 여러 조각으로 분리되었고 소수의 개체군이 고립된 상태로 흩어져 있어서 개체 수 증가를 기대하기 힘들다. 번식 주기가 비교적 느린 것도 개체 수 감소의 요인 중 하나다. 현재 갈색거미원숭이의 서식지에서 활동하는 보호단체도 없는 상태며 베네수엘라와 콜롬비아 정부의 적극적인 협조가 없다면 보존을 장담할 수 없다.

긴 팔과 다리, 아름다운 털을 가진 원숭이

4개의 긴 팔다리와 다섯 번째 다리 역할을 하는 긴 꼬리는 나무 위에서 살아가기 위해 최적화되어 있다. 엄지손가락이 없지만 갈고리처럼 생긴 손발은 물건을 잡기에도 적합하다. 머리와 팔다리, 몸의 바깥쪽은 적갈색이고 배를 포함해 몸 안쪽은 매우 밝은 색을 띠고 있다. 이마에는 삼각형 모양으로 하얀색 털이 난다. 어떤 갈색거미원숭이는 눈동자가 옅은 푸른빛을 내기도 한다. 성숙한 수컷의 몸길이는 45~50센티미터, 무게는 10킬로그램, 꼬리 길이는 76~81센티미터로 몸보다 훨씬 길며 암컷은 수컷보다 약간 작은 편이다. 암컷은 3~4년에 한 번씩 출산하며 225일의 임신 기간을 거쳐 새끼 한 마리를 낳는다. 새끼는 혼자 힘으로 이동할 수 있을 때까지 어미의 배와 등에 매달려 산다. 20~30여 마리가 먹이를 찾아 작은 단위로 모였다 흩어지는 유동적인 공동체로 살아가며 주식은 잘 익은 과일이다. 주로 낮에 활동하며 많은 열매를 섭취하고 배변을 통해 씨앗을 숲에 퍼뜨리는 역할도 하고 있다.

내가 만난 원숭이

원숭이를 처음 본 적이 언제였는지 기억나지 않지만 어릴 때부터 성인이 될 때까지 여러 번 마주칠 기회가 있었다. 옛날에는 이름도 알려지지 않은 아주 작은 공원에도 원숭이 우리가 있었다. 고등학교를 갓 졸업한 어느 날, 광진구에 있는 서울 어린이대공원에서 원숭이 한 마리를 만났다. 먹이를 함부로 주면 건강에 좋지 않다는 경고문도 무시한 채 나는 원숭이 우리 앞에서 과자 봉지를 열었다. 일부러 가장 기다란 스틱 형태의 과자를 사서 갔다. 한 녀석이 내게 바짝 다가와 철창에 매달렸다. 녀석은 과자를 받아 도도한 태도로 고개를 살짝 들고 입에 쏙쏙 집어넣었다. 어찌나 귀여운지 나는 장난기가 발동해 과자를 주는 척하다가 녀석의 손이 닿는 순간 뺏었다. 이 장난을 반복할 때마다 녀석은 눈을 크게 뜨고 나와 과자를 번갈아 쳐다보았다. 그러다 녀석의 손에 과자가 단단히 잡혔다. 나는 실실 웃으면서 과자를 내 쪽으로 힘껏 당겼다. 순간 녀석의 표정이 확 굳어지며 눈동자가 변했다. 입을 앙다물면서 나를 노려보는데 사람이 화가 났을 때의 표정과 똑같았다. 어디에서도 인간에게 화를 내는 원숭이를 본 적이 없었던 나는 너무 놀라 과자를 놓고 말았다. 철창이 없었다면 녀석은 나를 할퀴고 때렸을지도 모른다. 과자를 먹고 난 후 녀석은 천연덕스러운 표정으로 또다시 내게 손을 내밀었다.

> "용서하고 계속 놀아 줄 테니까 과자나 내놔."

이렇게 말하는 듯한 표정이었다. 기분이 묘해져서 서둘러 동물원을 나와 버렸다. 시간이 조금 흐르자 생뚱맞게도 그 녀석을 또 만나고 싶다는 생각이 들었다. 당시 근처에 살고 있어서 다시 찾아갔지만 전부 비슷하게 생긴 원숭이 무리 속에서 그 녀석을 찾는 일은 불가능했다. 그날의 만남은 내가 원숭이의 감정이 사람과 별반 다르지 않다는 것을 확실히 알게 된 계기였고 이후 동물을 대하는 태도도 좀더 조심스러워졌다. 지금도 원숭이라는 단어를 듣거나 보게 되면 녀석이 떠오른다. 이제 늙은 원숭이가 되었을 텐데, 건강하게 잘 살고 있을까?

도대체 무엇을 위해 높아지는가

그림 속 갈색거미원숭이는 잎이 무성한 나무가 아니라 크레인에 매달려 있고 소녀는 그 위에서 놀고 있다. 개발사업은 끝없이 진행 중이고 크레인이 바삐 움직이는 공사장은 우리에게 너무나 익숙한 풍경이

되었다. 지금도 세상 어디선가 초고층 빌딩이 한창 공사 중이다. 사우디아라비아의 제다에서 건설 중인 킹덤 타워는 지상 167층, 높이는 무려 1,000미터다. 2018년 완공이 목표인 킹덤 타워는 인류가 세운 건물 중에서 최초로 1킬로미터가 넘는 초고층 빌딩으로 863미터인 북한산보다 높다. 많은 논란을 빚으며 건설 중인 대한민국 서울특별시 송파구 신천동의 롯데월드타워는 2016년 말, 예정대로 완공되면 지상 123층, 지하 6층, 높이 554.5미터로 세계에서 다섯 번째로 높은 건물이 될 것이다. 동시에 높이 305미터인 인천광역시 송도 동북아트레이드타워를 제치고 대한민국에서 가장 높은 건물이 된다. 건축 비용은 3조 5,000억 원에 달하며 사용된 철골과 철근만 각각 4만 톤에 이른다.

우리 자신과 미래의 아이들에게 돌려주어야 할 아름다운 자연

내가 어린 시절을 보낸 곳은 농촌이 서서히 도시로 변해 가던 중소도시의 변두리였다. 그때만 해도 변화가 그리 빠르지 않았고 나는 자연을 마음껏 누리며 자랐다. 내 인생에서 가장 행복한 시기였다. 집에서 나가 개천을 끼고 10여 분 달리면 논과 밭이 펼쳐졌고 방향을 틀면 나무가 울창한 동산으로 갈 수 있었다. 또 다른 방향으로는 아름다운 오솔길이 이어졌다. 친구들과 온종일 개구리 알을 뜨고 메뚜기와 잠자리를 잡고 식물채집을 하다 밤을 줍고 쑥을 캐며 놀았다. 시간 가는 줄 모르고 달팽이 기어가는 것을 구경했고 먹이를 물고 바쁘게 움직이는 개미를 한참 따라다녔다. 『파브르 곤충기』를 읽으며 곤충학자를 꿈꾸기도 했다. 나보다 키가 큰 코스모스 꽃밭에 들어가 빙글빙글 돌며 춤을 추었고 색색의 꽃잎을 따서 손톱에 붙이고 귀부인이 된 듯 우아한 척을 했다. 채송화를 짓이겨 백반을 섞고 손톱 물도 들였다. 땅을 파서 구슬치기를 하고 나뭇가지를 들고 뛰어다니며 땅에 커다란 그림을 그렸다. 사시사철 달라지던 흙냄새와 숲의 모습이 지금도 생생하게 떠오른다. 같이 놀던 친구들의 얼굴은 잘 기억나지 않는 데 말이다. 대부분의 어른이 나와 비슷한 어린 시절을 보냈을 것이다. 그러나 지금의 아이들은 그렇지 않다. 내가 어릴 때 여러 방향으로 펼쳐져 있던 자연은 이제 어디에서도 쉽게 찾을 수 없다. 지금의 아이들은 새로워진 세상이 만들어낸 갖가지 놀이로 즐거운 시간을 보내고 있겠지만 자연이라는 놀이터를 경험하지 못한다는 것은 분명 안타까운 일이다.

인공의 벽을 넘어

끝없이 높은 건물을 짓는 것이 헛된 욕심이라는 것을 우리는 알고 있다. 그 욕심이 채워지려면 무언가를 파괴하고 누군가는 희생해야 한다는 것도 잘 알고 있다. 안타깝게도 지구의 자원은 한정되어 있고 사용하는 만큼 줄어드는데 그 자원을 오로지 인간만을 위해 쓰고 있다. 하늘을 찌르는 초고층빌딩은 앞으로도 경쟁하듯 지어질 것이다. 언젠가는 갈색거미원숭이처럼 멸종위기에 놓인 동물들이 영원히 사라질 것이다. 아무리 높은 건물도 하늘 아래 있을 뿐이고 모든 생명의 모태인 자연보다 귀한 것은 없다. 인간도 자연의 일부이자 자연이다. 자연을 밀어내고 쌓아 올린 인공의 벽에 갇혀서는 안 된다. 우리 자신과 미래의 아이들에게 높다랗고 차가운 벽이 아니라 아름다운 자연을 되돌려 주어야 한다. 🦋

마지막 여행비둘기의 죽음
『도도의 노래』, 데이비드 쾀멘, 이충호 옮김, 김영사(2012), p.428.
https://en.wikipedia.org/wiki/Passenger_pigeon

인류에 의해 멸종된 최초의 동물, 도도
『도도의 노래』, 데이비드 쾀멘 저, 이충호 옮김, 김영사(2012),
p.379.
『구스타츠 슈바브의 그리스 로마 신화 1』, 구스타프 슈바브 지음,
이동희 옮김, 휴머니스트(2015)
http://www.iucnredlist.org/details/22690059/0
https://en.wikipedia.org/wiki/Dodo

야생에서 사라진 바바리사자
『소로우의 노래』, 헨리 데이비드 소로우, 강은교 옮기고 엮음,
이레(1999), p.235.
『범죄의 해부학』, 마이클 스톤 지음, 허형은 옮김,
다산초당(2010), p.18.
『은밀한 갤러리』, 도널드 톰슨, 김민주, 송희령 옮김,
리더스북(2010)
『베아트릭스 포터의 집』, 수전 데니어 지음, 강수정 옮김,
갈라파고스(2010)
http://beinglion.com/barbary-lions.php
https://en.wikipedia.org/wiki/Barbary_lion

신비로운 파란영양의 멸종
『로드』, 코맥 매카시, 정영목 옮김, 문학동네(2008), p.197.
http://www.arkive.org/bluebuck/hippotragus-leucophaeus/
https://en.wikipedia.org/wiki/Bluebuck

대량학살로 사라진 태즈메이니아주머니늑대
『우리 문명의 마지막 시간들』, 톰 하트만 지음, 김옥수 옮김,
아름드리미디어(1999), p.106.
『도도의 노래』, 데이비드 쾀멘 저, 이충호 옮김, 김영사(2012)
http://www.iucnredlist.org/details/21866/0

마약이 되어버린 서부검은코뿔소의 뿔
『여섯 번째 대멸종』, 엘리자베스 콜버트 지음, 이혜리 옮김,
처음북스(2014), p.286.
http://www.arkive.org/black-rhinoceros/diceros-bicornis/
http://time.com/9446/western-black-rhino-declared-extinct/
http://blogs.scientificamerican.com/extinction-countdown/
how-the-western-black-rhino-went-extinct/
http://www.animals.or.kr/

숀부르크사슴의 아름다운 뿔은 저주가 되었다
『자연에 미친 사람』, 톰 브라운, 김훈 옮김, 정신세계사(1993),
p.224.
http://www.iucnredlist.org/details/4288/0
https://en.wikipedia.org/wiki/Schomburgk%27s_deer

멸종 위기의 말레이호랑이
『그린레프트』, 데렉 월 지음, 조유진 옮김, 이학사(2013), p.12.

http://www.arkive.org/tiger/panthera-tigris/
http://www.worldwildlife.org/species/malayan-tiger
http://www.iucnredlist.org/photos/2015

표본으로만 남은 순하디 순한 오가사와라흑비둘기
『그린레프트』, 데렉 월 지음, 조유진 옮김, 이학사(2013), p.6.
『구스타프 슈바브의 그리스 로마 신화 1』, 구스타프 슈바브 지음,
이동희 옮김, 휴머니스트(2015), p.117.
http://www.arkive.org/bonin-wood-pigeon/columba-versicolor/
https://en.wikipedia.org/wiki/Bonin_wood_pigeon
http://www.audubon.org/birds-of-america

절반의 줄무늬를 가진 얼룩말, 콰가의 멸종
『나를 운디드니에 묻어주오』, 디 브라운 지음, 최준석 옮김,
나무심는사람(2002), p.25.
http://www.iucnredlist.org/details/41013/0
http://www.arkive.org/quagga/equus-quagga-quagga/
http://www.sciencetimes.co.kr/?news=얼룩말-줄무늬의-존재론

기후변화로 멸종된 황금두꺼비
『6도의 멸종』, 마크 라이너스 지음, 이한중 옮김, 세종서적(2014),
p.23.
http://www.arkive.org/golden-toad/incilius-periglenes/
http://www.iucnredlist.org/details/3172/0

한국의 마지막 표범이 죽다
『한국의 마지막 표범』, 엔도 키미오 지음, 이은옥 정유진 옮김,
이담북스(2014), p.110.
"二마터의암표범 陜川郡下서 아", 동아일보(1963년 11월 13일)
"咸安에서 18년된 표범 잡아", 경향신문(1970년 3월 6일)
"한국 마지막 표범 뱀가게에 팔렸다", 한겨레(2014년 1월 2일)
http://wwf.panda.org/what_we_do/endangered_species/
amur_leopard2/
http://www.arkive.org/amur-leopard/panthera-pardus-
orientalis/

파수꾼을 잃은 산악고릴라
『안개 속의 고릴라』, 다이앤 포시 지음, 최재천 남현영 옮김, 승
산(2007), p.367.
『유인원과의 산책』, SY 몽고메리 지음, 김홍옥 옮김,
다빈치(2001)
『혹성탈출』, 피에르 불 지음, 이원복 옮김, 소담출판사(2011)
http://www.worldwildlife.org/species/mountain-gorilla
http://www.iucnredlist.org/details/39994/0

27년 만에 멸종된 스텔러바다소
『스콧 니어링 자서전』, 스콧 니어링 지음, 김라합 옮김,
실천문학사(2000), p.126.
『그린레프트』, 데렉 월 지음, 조유진 옮김, 이학사(2013)
『투르게네프 산문시』, 투르게네프 저, 김학수 옮김, 민음사(1997)
http://www.petermaas.nl/extinct/speciesinfo/stellersseacow.
htm
https://en.wikipedia.org/wiki/Steller%27s_sea_cow

http://www.iucnredlist.org/details/10303/0
http://www.sciencetimes.co.kr/?news=심해까지-점령한-해양-
쓰레기

세상에서 가장 작은 돌고래의 위기
『공유지의 비극』, 개럿 하딘, 1968
http://www.worldometers.info
http://www.arkive.org/vaquita/phocoena-sinus/
image-G100782.html
http://www.worldwildlife.org/species/vaquita
https://en.wikipedia.org/wiki/Vaquita

라스코 동굴 벽에 그려진 오록스와의 이별
『타임머신』, 허버트 조지 웰스 소설선집, 김석희 옮김,
열린책들(2011), p.141.
http://www.iucnredlist.org/details/136721/0
http://www.petermaas.nl/extinct/speciesinfo/aurochs.htm
https://en.wikipedia.org/wiki/Aurochs

대왕판다의 우주를 지키기 위해
『우리는 너무 오래 숲을 떠나 있었다』, 마이클 J. 코헨,
윤규상 옮김, 도솔(2001), p.300.
『우리 문명의 마지막 시간들』, 톰 하트만 지음, 김옥수 옮김,
아름드리미디어(1999), p.106.
http://www.iucnredlist.org/details/712/0
http://www.worldwildlife.org/species/giant-panda
http://www.arkive.org/giant-panda/ailuropoda-melanoleuca/
image-G21745.html

상아로 고통받는 아프리카코끼리의 위기
『월든』, 헨리 데이비드 소로우, 강승영 옮김, 은행나무(2011),
p.91.
http://www.arkive.org/african-elephant/loxodonta-africana/
http://www.iucnredlist.org/details/12392/0
http://www.worldwildlife.org/species/african-elephant

핀타섬땅거북이 세상을 떠난 날
『우리는 너무 오래 숲을 떠나 있었다』, 마이클 J. 코헨, 윤규상 옮
김, 도솔(2001), p.47.
http://www.galapagos.org/about_galapagos/lonesome-george/
https://en.wikipedia.org/wiki/Pinta_Island_tortoise
http://www.galapagos.org/about_galapagos/about-galapagos/
the-islands/pinta/
http://www.sciencedaily.com/releases/2015/10/151021151357.
htm

빌딩 숲의 갈색거미원숭이
『자연이 우리에게 가르쳐 주는 것들』, C.A. 웨슬리져,
박소예 옮김, 청하(1992), p.13.
http://www.arkive.org/variegated-spider-monkey/ateles-
hybridus/
http://www.iucnredlist.org/details/39961/0

Burj Khalifa and Passenger Pigeon, 76cmx57cm, watercolor on paper, 2014

Shanghai Tower and Dodo, 76cmx57cm, watercolor on paper, 2014

Abraj Al Bait and Barbary Lion, 76cmx57cm, watercolor on paper, 2014

One World Trade Center and Bluebuck, 76cmx57cm, watercolor on paper, 2014

Taipei World Financial Center and Tasmanian Tiger, 76cmx57cm, watercolor on paper, 2014

Shanghai World Financial Center and West African black rhinoceros , 76cmx57cm, watercolor on paper, 2014

ICC Tower and Schomburgk's Deer, 76cmx57cm, watercolor on paper, 2014

Petronas Twin Towers and Malayan tiger, 76cmx57cm, watercolor on paper, 2014

Nanjing Zifeng Tower and Bonin Wood-Pigeon, 76cmx57cm, watercolor on paper, 2014

Willis Tower and Quagga, 76cmx57cm, watercolor on paper, 2014

Kingkey Finance Center Plaza and Golden Toad, 76cmx57cm, watercolor on paper, 2015

IFC Guangzhou and Amur Leopard, 76cmx57cm, watercolor on paper, 2015

Trump International Hotel and Tower and Mountain Gorilla, 102cmx65cm, watercolor on paper, 2015

Jin Mao Tower and Steller's sea cow, 102cmx65cm, watercolor on paper, 2015

Princess Tower in Dubai and Vaquita, 102cmx65cm, watercolor on paper, 2015

Al Hamra Tower and Aurochs, 76cmx57cm, watercolor on paper, 2015

CITIC Plaza and Giant panda, 76cmx57cm, watercolor on paper, 2015

Empire State Building and African bush elephant, 102cmx65cm, watercolor on paper, 2015

Bank of America Tower and Pinta Island tortoise, 76cmx57cm, watercolor on paper, 2015

Lotte World Tower and Brown spider monkey, 76cmx57cm, watercolor on paper, 2015